Patrick Modiano

L'Herbe des nuits

夜 的 草

〔法〕帕特里克·莫迪亚诺 著　金龙格 译

人民文学出版社

PEOPLE'S LITERATURE PUBLISHING HOUSE

著作权合同登记号　图字 01-2016-7359

Patrick Moniano
L'Herbe de nuit
© Éditions Gallimard，Paris，2012

图书在版编目(CIP)数据

夜的草/(法)帕特里克·莫迪亚诺著；金龙格译.
—北京:人民文学出版社,2016(2024.3 重印)
(莫迪亚诺作品系列)
ISBN 978-7-02-011824-3

Ⅰ.①夜…　Ⅱ.①帕…　②金…　Ⅲ.①中篇小说-法国
-现代　Ⅳ.①I565.45

中国版本图书馆 CIP 数据核字(2016)第 153166 号

责任编辑:李　娜　彭　伦　何炜宏
装帧设计:汪佳诗

出版发行　人民文学出版社
社　　址　北京市朝内大街 166 号
邮政编码　100705

印　　制　凸版艺彩(东莞)印刷有限公司
经　　销　全国新华书店等

字　　数　70 千字
开　　本　889 毫米×1194 毫米　1/32
印　　张　5　插页　5
版　　次　2017 年 1 月北京第 1 版
印　　次　2024 年 3 月第 2 次印刷

书　　号　978-7-02-011824-3
定　　价　55.00 元

如有印装质量问题,请与本社图书销售中心调换。电话:01065233595

L'Herbe des nuits

献给奥尔松 ①

---

① 奥尔松是莫迪亚诺的孙子。据作者透露，这部小说脱稿与他的孙子奥尔松出
   生正好在同一天。——译注

可我不是在做梦呀。有时候，不经意间，我听见自己在大街上说这句话，可声音却像是从别人的嘴里发出来的。有些失真的声音。一些名字重又浮现在我的脑海，一些面孔，一些细节。再也找不到什么人来叙说。想必还剩下两三个依然活着的见证人。可他们恐怕早就把所有那一切全都忘得一干二净。而且，末了我总会在心里头问自己是不是真的有人见证过那一切。

是真的，我不是在做梦。我留下来的一个黑面记事本便是铁证，里面记满了笔记。迷雾重重，我需要一些意义明确的词句，便在词典里查询。笔记：为了备忘而记录下来的简要文字。记事本的内页洋洋洒洒地记录了人名、电话号码、约会日期，还有一些也许与文学沾点儿边的短文。可是，把它们归到哪个类别呢？私密日记？记忆片段？里面还摘抄了数百条在报纸上登载的小启事。寻狗启事。带家具出租的公寓。求职和招聘广告。占卜通灵信息。

这些笔记林林总总，其中一些所产生的回声比其他的更为强烈。尤其是在没有任何东西来袭扰宁静的时候。已经很久没听到任何电话铃声。往后也没有任何人会跑来敲门。他们一定以为我已经驾鹤西去。你独自一人，凝神静气，仿佛想截获一位陌生的发报员从遥远的他乡给你发过来的一些摩尔斯电码。当然啦，大多数电码信号都受到了干扰，你把耳朵伸得再长也是枉然，它们已经彻底消失，无迹可寻。可是，有一些名字在寂静中，在白纸上一目了然地显现出来……

丹妮，保尔·夏斯达尼埃，阿加穆里，杜威尔兹，杰拉尔·马西亚诺，"乔治"，尤尼克酒店，蒙帕纳斯街……如果我没记错的话，在那个街区时，我向来都很警觉。那一天，我碰巧从该街区经过。我有一种很奇怪的感觉。感觉奇怪的不是岁月去无痕，而是另外一个我，一个孪生兄弟依然在那里，在附近地区，没有垂垂老去，却依旧循着那些小得不能再小的生活细节，继续过着我从前在这里短暂度过的那种日子，直到时间的尽头。

从前，是什么事情总让我感到惴惴不安？是因为这几条笼罩在一座火车站和一座公墓的阴影下的街道吗？这些街道在我眼里突然显得微不足道了。房屋临街的一面颜色换了。更加明亮了。没有任何特别的地方。一个中性地区。我留下的一个替身依旧在那里重复我过去的每一个动作，永无止境地按我以前走过的线路往前行进，真的有这种可能吗？不可能，我们在这里留下的踪迹早已荡然无存。时间已经荡涤了一切。街区焕然一新，变得整洁干净，仿佛在一座不卫生的小岛原址上重建过。大多数楼房还是原来的建筑，你在那些楼房前伫立，就好比站在一条被制成标本的狗前面，一条曾经属于你、它活着的时候你对它宠爱有加的狗。

那是一个周日的下午，在漫步途中，我绞尽脑汁地回想着那本黑色记事本里所记录的内容，很后悔没把它装进衣服口袋。和丹妮约会的时刻。尤尼克酒店的电话号码。我在尤尼克酒店遇到的那些人的名字。夏斯达尼埃，杜威尔兹，杰拉尔·马西亚诺。阿加穆里在大学城摩洛哥留学生楼的电话号码。对这个街区不同地段简明扼要的描述，我本打算将此地命名为"后蒙帕纳斯"，但三十年后我才发现，这个名字已经被一个名叫奥泽·华沙①的人使用过了。

十月里的一个周日，黄昏时分，我的脚步把我带到了

---

① 奥泽·华沙（1898—1944），波兰犹太作家、画家，1944年罹难于奥斯维辛集中营。出版过短篇小说集《后蒙帕纳斯》等。

这片区域，要是在一周的其他日子，我十有八九会绕道而行。不是的，真的不是去那里缅怀什么。可逢到星期天，尤其是黄昏时分，再加上倘若你是一个人踽踽独行，时间的长河便会打开一个豁口。只需从那里钻进去。一条在它活着的时候让你宠爱有加的、制成了标本的狗。我从敖德萨街11号——我走的是对过的人行道，右边的那条——那幢不清爽的米白色高楼前经过时，有一种豁然大悟的感觉，每次时间长河打开一个豁口之时都能让你感受到那种轻微的晕乎乎的感觉。我一动不动地站在那里，端详着那一栋把小院子围在中间的大楼的正面和侧面墙壁。保尔·夏斯达尼埃在蒙帕纳斯街的尤尼克酒店下榻时，总把他的汽车停在那里。一天晚上，我问他为什么不把汽车停在酒店前面。他尴尬地笑了笑，一面耸耸肩膀，一面回答说："为慎重起见……"

一辆红色的蓝旗亚。它有可能吸引别人的视线。可是，若想掩人耳目，他怎么会有如此古怪的念头，选了一辆这种牌子和颜色的汽车……过后，他跟我解释说，他的一位朋友住在敖德萨街的这栋大楼里，他经常把车借给那位朋友。是的，这便是他总把汽车停到那里的缘由。

"为慎重起见。"他说。我随即就想明白了，这个四十岁左右、总穿着灰色服装和海蓝色外套、仪表堂堂的棕发男子，并没有正儿八经的职业。我听见他在尤尼克酒店打电话，但墙壁太厚，我听不清谈话内容。只能听见隔墙传过来的声音，话音低沉，有时还会变得斩钉截铁。长时间的沉默。这个夏斯达尼埃，我是在尤尼克酒店里认识的，同时在那里认识的还有杰拉尔·马西亚诺、杜威尔兹，我忘记杜威尔兹姓什么了……时光荏苒，他们的身影渐渐变得模糊不清，他们的声音也听不见了。由于颜色的缘故，保尔·夏斯达尼埃显得更清晰一些：漆黑的头发，海蓝色的外套，红色的汽车。我猜测他蹲过几年牢房，跟杜威尔兹、马西亚诺一样。他是他们当中年纪最大的，一定已经不在人世了。他每天都起得很晚，把约会定在很偏远的南城，那个环绕火车货站的内陆地区，那些名叫法尔基艾尔、阿勒雷的地方我也非常熟悉，甚至还可以走到更远的地方，直至宠妃街……一些僻静冷清的咖啡馆，他有时把我带到那里，兴许心里盘算着谁也不可能在那种地方把他找到。虽然我常常有这种念头，但我一直没敢问他，是不是他被剥夺了在这里的居留权。可是，那他为什么又将红色汽车停在咖啡馆前面？徒步前往对他来说不是更谨慎一些吗？慎之又慎岂不更好？那个时候，我总在这片开始拆除的街区漫步，沿着那些空地、窗户砌死的小楼、像是遭受过轰炸的瓦砾堆中的一段段街道前行。而那辆停在那里的红色汽车，汽车散发出的皮革味，它那鲜艳的色块，好在有这种鲜艳的色块，往事重新在脑海中浮现……往事？不。在这个周日晚上，我终于让自己相信时光是凝滞不动的，倘若我当真钻进时间长河的豁口，就会把所有的一切重新找回，而且那一切全都完好无损，原封未动。首先是那辆红色轿车。我决定一直走到旺达姆街。那里有一家咖啡馆，保尔·夏斯达尼埃带我进去过，我们在那里的谈话开始触及个人的私事。我甚至感觉到他要跟我掏心掏肺了。他含蓄地建议我为他"做事"。我支吾搪塞了一阵。他就没再坚持。我那时特别年轻，但也特别多疑。后来，我和丹妮一起也到过这家咖啡馆。

这个星期天，当走到曼恩大街时，天差不多黑下来了，我沿着那些新建的高楼大厦往前，走在双牌号的那一边。这些高楼形成了一个笔直的立面。窗户上没透出一丝一缕的灯光。是真的，我不是在做梦。旺达姆街差不多就是在这附近通向曼恩大街，但那天晚上楼房的立面看上去既平滑又密实，没有一丝一毫的间隙。我理当屈服于这么一个事实：旺达姆街已经不复存在。

我穿过其中一栋大楼下的玻璃门，我们大约就是在那个位置进入旺达姆街。一缕霓虹灯的灯光。一条又长又宽的过道，过道边镶着玻璃幕墙，玻璃后面是鳞次栉比的写字台。兴许旺达姆街的一段路被新建的楼群包围着，依然存在。想到这里，我神经质地笑了笑。我继续顺着这条两边全是玻璃门的过道前行。我看不到过道的尽头，因为霓虹灯的关系，我眯起了双眼。我思忖，这条走道只是规规矩矩地沿用了旺达姆街原来的路线。我闭上眼睛。那家咖啡馆在街道的尽头，这条街道的延长部分是一条撞在铁路工场围墙上的断头路。保尔·夏斯达尼埃把他的红色轿车停在那条断头路上，那堵黑黢黢的围墙前面。咖啡馆楼上是一家旅馆——佩塞瓦尔宾馆，宾馆的名字源于一条同名街道，那条街也在新建的楼群下消失不见了。我把所有这一切都记在了那个黑色记事本上。

后来，丹妮在尤尼克酒店——正如夏斯达尼埃所言——感觉不是很自在了，所以她在佩塞瓦尔宾馆要了一个房间。她想从此避开其他人，但我并不清楚她特别不想见到的人是谁，是夏斯达尼埃、杜威尔兹，还是杰拉尔·马西亚诺？现在，我越往深里想越发觉得，从我发现在酒店大堂前台后面的那名男子后，她总是心事重重的。夏斯达尼埃告诉我那人是尤尼克酒店的经理，此人的名字现在还列在我的记事本上：拉克达尔；后面还跟着另外一个名字：达文，但这个名字加上了双引号。

*

　　那个时候我经常躲进大学城，就是在大学城的自助餐厅里与她相识的。她在美国留学生楼里有一个房间，让我纳闷的是，她凭的什么拿到那个房间，因为她既不是大学生，也不是美国人。我们俩认识后，她没在那里待太久。就十来天吧。此刻我在犹豫要不要把她的姓氏全称一目了然地写出来，初次见面时，我在记事本上如此记载：丹妮·R.，美国留学生楼，尤尔丹林荫大道15号。也许，现如今——在使用过形形色色的其他名字之后——她用回了这个名字，万一她依然活着居住在某个地方，我可不想把别人的注意力往她身上引。然而，要是她看到了印在书上的这个名字，也许会回想起自己曾在某个时期使用过，我也有可能得到她的音讯。哦不，对此我不抱什么幻想。

　　我们认识的那一天，我在记事本上写的是"丹尼"。可她用我的钢笔，把她名字的正确写法亲自重写了一遍：丹妮。后来，我发现"丹妮"是我那个时候心仪的一位作家的一首诗作的名字。我有时会看见这位作家从圣日耳曼大道上的塔拉纳酒店走出来。有时还真是无巧不成书。

搬离美国留学生楼的那个星期天晚上，她叫我去大学城接她。她在留学生楼门口等我，拎着两个旅行袋。她跟我说，她在蒙帕纳斯的一家酒店订了一个房间。我提议步行前往。两只袋子不是很沉。

我们走的是曼恩大街。街上冷冷清清，跟前一次一样，那一次也是在星期天晚上，在同一个时间。大学城的一位摩洛哥朋友跟她说起过有这么一家饭店，就是我们第一次在自助餐厅见面时她向我介绍的那个人，此人名叫阿加穆里。

我们在沿着墓地往前伸展的一条小街旁的一张长椅上坐了下来。她在两只旅行袋里翻寻，检查有没有东西遗漏。然后，我们继续赶路。她跟我解释说，阿加穆里在那家酒店有一个房间，因为有一个酒店老板是摩洛哥人。可是，那他为什么又住在大学城里？因为他是留学生。而且，他在巴黎还有一处住所。那么，她也是大学生吗？阿加穆里可能会帮她在桑西埃学院①注册。从她的神情看，注册的事情好像不太靠谱，所以那句话她说得有些轻描淡写。然而，我还记得，有天晚上，我陪她乘地铁去

① 桑西埃学院，巴黎新索邦大学（巴黎三大）的别称。

了桑西埃学院，那是一条从杜洛克开往蒙日的直达线路。天空中飘着绵绵细雨，但对我们没什么大碍。阿加穆里告诉过她要顺着蒙日街直走，最后我们终于到达目的地：一片平坦空地，或者不如说是一片荒地，周围全是低矮房屋的残垣断壁。地面踩踏得很结实，我们必须在昏暗中避开水洼。在最里头，一幢现代化的建筑，肯定是刚刚竣工的，因为脚手架还未拆除……阿加穆里在大门口迎候我们，大厅的灯光照亮了他的身影。他的目光在我看来没有平日里的那种焦虑，仿佛站在桑西埃学院前面让他心里变踏实了，尽管那还只是一片荒地，而且还是在下雨天。所有这些细节一幕一幕地、乱麻似的在我的脑际萦回，光线常常在这个时候变得黯淡朦胧了。此情此景与留在那个记事本上的精确笔记形成鲜明反差。这些笔记对我有用，可以使那些都快把电影胶片震断的动荡画面稍稍协调连贯一些。奇怪的是，我在同一时期所作的研究笔记在我看来显得更加清晰，研究的那些事件并非发生在我生活的那个时代，而要追溯到 19 世纪乃至 18 世纪。还有那些与事件牵扯在一起的名字，其中就有布兰奇女男爵[①]，特里斯丹·科

---

① 布兰奇女男爵，即布兰奇·德拉克罗瓦（1883—1848），出身平民，比利时国王利奥波德二世的妻子。

比埃尔 ①，让娜·杜瓦尔 ②，另外还有 1794 年 7 月 26 日在二十一岁时被送上断头台的玛丽-安娜·勒鲁瓦 ③。这些名字的回声在我耳畔响起，比我记录的那些当代人的名字显得更亲切，更熟悉。

我们抵达尤尼克酒店的那个星期天晚上，阿加穆里在酒店的大堂里恭候丹妮，跟他一起坐在大堂里的，还有杜威尔兹和杰拉尔·马西亚诺。就是在那天晚上，我认识了后面的那两位。他们想叫我们俩去参观酒店后面放着两张有遮阳伞桌子的花园。"你房间的窗户就朝向这一边。"阿加穆里说道，但丹妮好像满不在乎。杜威尔兹。马西亚诺。我绞尽脑汁，想给他们添加一些让他们看起来显得比较真实的信息，我寻找着能让他们在我的眼皮底下复活的东西，在过了那么长时间之后，要全靠那些我才有可能感知他们的存在。我不知道，我，一缕香气……杜威尔兹总是摆出一副风度翩翩的派头：金色胡须，领带，灰色西服套装，身上总散发出一股香水味，许多年后因为有人在

① 特里斯丹·科比埃尔（1845—1875），法国象征主义诗人，亦被称为"被诅咒的诗人"，被认为对艾略特早期诗歌创作产生过巨大影响。

② 让娜·杜瓦尔（1820—1862），出生于海地的法国演员，被视为波德莱尔的"缪斯"。

③ 玛丽-安娜·勒鲁瓦，法国戏剧演员，在法国大革命时期被指控喊过"国王万岁"而被送上断头台。

酒店的房间里落下一瓶香水，使我得以找到那种香水的牌子：卑奴苏佛士打①。几秒钟的时间，卑奴苏佛士打的香味让我回想起一个沿着蒙帕纳斯街下行的背影，一个步履沉重的金发男子：杜威尔兹。过后，就什么也没有了，就像那些一觉醒来时只留下朦胧影像并在白天里消失得无影无踪的梦。杰拉尔·马西亚诺，他呢，长着一头棕发，皮肤白皙，身材略显矮小，目光老盯着你，但对你视而不见。我对阿加穆里了解得更深入，因为他在桑西埃上完课后，我约他在蒙日广场的一家咖啡馆里见过好几次。每一次，我都感觉到他有一些重要的事情要向我禀报，否则的话他不会叫我到那里与他见面，两人单独见面，避开其他人。冬天，夜幕降临后，这家咖啡馆静悄悄的，在大厅的最里头只有我们俩，位置很隐蔽。一只黑色的鬈毛狗把下巴搁在软垫长椅上，眯起双眼注视着我们。在回首我一生中的某些时刻之时，总有一些诗句涌上心头，我常常在想它们的作者叫什么名字。在我看来，蒙日广场的那家咖啡馆在晚上适用于这样的诗句："一条鬈毛狗的利爪敲击着夜里的石板……"

我们一直走到蒙帕纳斯。在行进途中，阿加穆里跟我

---

① 卑奴苏佛士打，意大利产男士香水品牌。

透露了一些关于他本人的不太多的小事情。他刚刚被人从大学城摩洛哥留学生楼的那个房间里给撵了出来，但我一直没弄明白是因为政治原因，还是有别的原委。他住在十六区广播电台附近别人借给他的一套小公寓里。但他更喜欢尤尼克酒店里的那个房间，他拿到那个房间多亏了酒店经理，"一位摩洛哥友人"。那为什么还留着十六区的那套公寓呢？"我妻子住在那里。是的，我结婚了。"我感觉在这件事情上他不会向我吐露更多的情况。而且，他从不回答别人的提问。他向我吐露这些隐情——可是说实在话能用"隐情"这个词吗？——是在从蒙日广场前往蒙帕纳斯的途中，在长时间默默不语的间隙里脱口说出来的，仿佛行走鼓起了他说话的勇气。

有些事情让我觉得蹊跷。他真的是大学生吗？我询问他多大年龄的时候，他回答说三十岁。说完他好像很后悔把年龄告诉了我。三十岁还能做大学生吗？我不敢跟他提这个问题，怕伤了他的自尊心。那丹妮呢？为什么她也想做大学生？在桑西埃学院就那么容易，想什么时候注册就能注册吗？我在尤尼克酒店观察她和他的时候，他们看上去真的不像大学生，而那边，靠近蒙日的地方，在那片空地的尽头，建到半拉子的学院大楼突然让我觉得它属于另一座城市，另一个国度，另一种生活。是因为保尔·夏斯达尼埃、杜威尔兹、马西亚诺以及我在尤尼克酒店大堂见到的那些人吗？可是，置身蒙帕纳斯街区，我总有一种不爽的感觉。是的，是真的，那里的大街小巷并不是那么令人赏心悦目。在我的记忆中，那里经常淫雨霏霏，而当我想象巴黎的其他街区时，总看见它们夏日里的景象。我觉得蒙帕纳斯在战后便黯淡了。再往下去的林荫大道上，"穹顶"① 和"菁英"② 还有零星灯火在闪烁，但这片街区已经丢失了自己的灵魂，不复当年的才情和热情。

一个周日的下午，我单独和丹妮在一起，待在敖德萨街地势最低的地方。天空中飘起了雨，我们躲进蒙帕纳斯电影院的大厅。我们坐在放映大厅的最里头。正值幕间休息，我们并不清楚电影的名字。这家宽敞破烂的电影院就像这个街区的街道一样，叫我心里很不舒服。里面飘荡着一股臭氧味，跟你从地铁通风栅栏上面经过时闻到的气味一样。在一排排观众当中，夹杂着几名休假的军人。夜幕降临时，他们就会乘坐开往布列塔尼的火车，去布雷斯特

---

① "穹顶"，指穹顶餐厅，是巴黎著名的餐厅，是蒙帕纳斯的历史象征，同样也是巴黎尤其是巴黎十四区生活与社交艺术的标识。自从上个世纪 20 年代开张起，就一直吸引着巴黎的艺术家和文人。

② "菁英"，指菁英咖啡馆，建于 1923 年，紧邻穹顶餐厅，曾是文人聚会的场所，受到海明威、亨利·米勒等作家的青睐。

或者洛里昂。在一些隐蔽的角落里暗藏着一些萍水相逢的野鸳鸯，他们可能没在看电影。在电影放映期间，他们的呻吟、喘息声都听得见，座椅在他们的身子底下发出的嘎吱声越来越响……我问丹妮是不是打算在这个街区长久待下去。不，不会太长久。她更乐意住在十六区的一个大房子里。那里的环境非常幽静，可以隐姓埋名。再也没有任何人能够找到你。"为什么？你非得躲起来吗？""不。哪至于呢。那你呢，你喜欢这个街区吗？"

很显然，这个令人尴尬的问题，她想避而不答。而我，叫我怎么回答她呢？我喜欢还是不喜欢这个街区根本就无关紧要。如今，我仿佛觉得那个时候，我在我的日常生活之中过的是另一种生活。或者，更确切地说，好像那另一种生活与每一天的灰暗生活息息相关，给它们平添一种其本身实际上并没有的磷光和神秘。于是乎，那些你熟悉的、许多年后在梦中流连忘返的地点便被披上了奇异的面纱，就像这条死气沉沉的敖德萨街和这家散发着地铁气味的蒙帕纳斯电影院。

那个星期天，我还是把她一直送到了尤尼克酒店。她和阿加穆里有约。"你认识他妻子吗？"我问。她显得很吃惊：我居然知道他妻子的存在。"不认识，"她对我说，"他几乎从不去看她。他们聚少离多。"能把这句话在这里准确无误地重新写出来，这没我什么功劳，因为它就写在我的记事本当中的某一页的下方，紧跟在"阿加穆里"这个名字后边。在记事本的同一页，还记了许多其他笔记，跟这个凄凉的蒙帕纳斯街区，跟丹妮、保尔·夏斯达尼埃以及阿加穆里都没有任何关系，但牵涉到诗人特里斯丹·科比埃尔和波德莱尔的情妇让娜·杜瓦尔。我早些时候发现了他们的住址，在记事本上是这样写的：科比埃尔，弗洛肖街 10 号；杜瓦尔，索福洛瓦街 17 号（1878 年前后）。再往后面，好多页纸满满当当地记录的都是跟他们俩相关的信息，也许是为了证明他们在我心中所占的位置，与我在这个时代所碰到的大多数活着的人相比，他们两个要重要得多。

那天晚上，我只把她送到酒店的门口。我看见阿加穆里站在大堂中央等她。他穿着一件米色大衣。这副打扮，我也在记事本中做了记录："阿加穆里，米色大衣。"也许，是为了今后有一个坐标——跟我这一生中的那个短暂而又动荡不安时期有着千丝万缕联系的、尽可能最微小的细节。"你认识他妻子吗？""不认识，他几乎从不去看她。他们聚少离多。"当在大街上与两个正在交谈的人擦肩而过时，你无意之中听到那些语句，而且永远也不知道他们所谈论的是何方神圣。一列火车快速过站，快得让你没法看清写在站牌上的城市名。于是，你把脑门贴在车窗玻璃上，记下了一些细节："经过一条河流，一座村庄的钟楼，一头远离牛群在树下做梦的黑色奶牛。"你希望能在下一站看清一个名字并且终于知道你到了哪个地区。名字写在这个黑色记事本上的那些人，我后来再也没有见到他们当中的任何一个。他们的存在如昙花一现，他们的名字我甚至都有可能忘记。只是萍水相逢，但不知道是不是因缘巧合。一生当中有一段时期就为了这种相逢，那时你置身十字路口，犹豫着到底该走哪一条路。那是邂逅的年代，就像我在塞纳河畔的旧书摊上找到的一本书印在封面上的书名一样。说来也巧，我把丹妮留下来跟阿加穆里在一起的那个周日夜晚，恰恰是沿着圣米歇尔滨河路漫步，却不知为什么要那么走。我踏上那一条跟蒙帕纳斯一样凄凉的林荫大道，也许是因为没有平日里的那种摩肩接踵的人群，楼房立面上的灯光没有亮起来。最上面，亲王殿下街的出口处，台阶和铁扶手的后面，一面被灯光照亮的大玻璃，是一家咖啡馆的后间，而咖啡馆的露台朝向卢森堡公园的围栏。咖啡馆的整个大厅黑灯瞎火的，只有那面玻璃被照亮，玻璃后面，一个圆弧形的吧台前通常站着一些顾客，直至深夜。那天晚上，我打那里经过时，在那些客人当中认出了两个人：一个是阿加穆里，站在那里，因为他穿着那件米色大衣，还有一个人是丹妮，坐在他旁边的一张高脚圆凳上。

我走到近处。我原本可以推开那扇玻璃门，然后走到他们中间。但我打住了脚步，因为我担心自己成了不速之客。那个时候，我不总是像那样缩在后面当观众吗？我简直就像人们所说的那种"夜间的观察家"，这位我非常喜欢的十八世纪作家①，他的名字连同笔记好几次在我的黑色记事本里出现。有一天，我们一起到了法尔基艾尔街或宠妃街，保尔·夏斯达尼埃对我说："真奇怪……你专心致志地听别人说话……但你又心不在焉……"玻璃后面，在过于强烈的霓虹灯下，丹妮的头发从栗色变成了金色，皮肤比平时还要苍白，奶油似的，上面还长了一些雀斑。那些人当中唯独她坐在高脚圆凳上。站在她和阿加穆里后面的三四个人组成的一伙，手里端着酒杯。阿加穆里朝她俯下身子，凑到她耳边跟她说话。他亲了一下她的脖子。她哈哈大笑，喝了一大口酒，从酒的颜色就可以断定是君度酒②，我们每次进咖啡馆，她都点这种酒。

---

① 十八世纪作家，指雷蒂夫·德·拉布勒托纳（1734—1806），代表作《巴黎之夜或夜间的观察家》写的是旧制度下"每晚在巴黎发生的景象"。
② 君度酒，一款法国出品的橙味甜酒，酒厂于 1849 年由君度兄弟共同创建。

我寻思着第二天要不要跟她这么说：昨天夜里我看见你和阿加穆里在卢森堡咖啡馆。我还不清楚他们俩到底是什么关系。反正，他们在尤尼克酒店住的不是同一个房间。我极力想弄明白是什么纽带把这个小群体绑在一起。从表面上看，杰拉尔·马西亚诺是阿加穆里的老朋友，阿加穆里和丹妮住在大学城时，把马西亚诺介绍给了丹妮。保尔·夏斯达尼埃和马西亚诺彼此都用"你"称呼，尽管他们有年龄上的悬殊，还有杜威尔兹也一样。但是，在丹妮住进尤尼克酒店之前，不管是夏斯达尼埃还是杜威尔兹，都没见过她。最后，阿加穆里和酒店的经理、那个名叫拉克达尔的人关系非常密切，经理隔一天都会在收银台后面的办公室出现。他来的时候总有一个名叫"达文"的人陪同。这两个人好像老早就认识了保尔·夏斯达尼埃、马西亚诺和杜威尔兹。一天下午，在等丹妮的时候，我把所有这一切都记到了黑色记事本上，就像别人为消磨时光做填字游戏或者在纸上乱涂乱画一样。

＊

　　后来，有人向我查问他们的情况。我收到一个名叫朗格勒的人的传唤。上午十点钟光景，我在杰斯福尔滨河路一栋大楼的一间办公室里已经等候多时。透过窗户，我凝望着鲜花市场和主宫医院的黑色立面。塞纳河畔一个阳光明媚的秋日早上，朗格勒——一个中等身材的褐发男子走进办公室，我觉得他有些冷淡，尽管他长着一双蓝色的大眼睛。他甚至都没跟我说声早上好，就开始向我提问题，语气有些严厉。现在想来，因为我表现得很平静，他的语气也温和了，明白我确确实实并没有被牵扯到所有那一切当中去。我心想，在那里，在他的办公室里，我十有八九置身于杰拉尔·德·奈瓦尔自缢身亡的确切地点。要是走进这栋大楼的地下室，就有可能在其中一间屋子的尽头发现老灯笼街的一段路。对于这个名叫朗格勒的人的问题，我没能以非常明确的方式进行回答。他列出了保尔·夏斯达尼埃、杰拉尔·马西亚诺、杜威尔兹和阿加穆里的名字，想要我明确告诉他，我跟这些人是什么关系。那个时候，我心里有数，他们在我的生活中并没有起特别大的作用，这是显而易见的。一些无关紧要的人物。我一直在想奈瓦尔和已经在旧址上面建起了一栋大楼的老灯笼街，我们就在大楼里面。他知道吗？我差点就问了他这个问题。在这次讯问期间，他好几次提到一个名叫米海依·桑比里、"可能经常出没于"尤尼克酒店的女子，但我并不认识此人。"你确信从未碰到过她？"这个名字让我想不起任何事情。他一定明白了我并未撒谎，所以也没有再追问下去。那天晚上，我在黑色记事本上记下了"米海依·桑比里"几个字，然后在同一页纸的底部还有这样一些文字："杰斯福尔滨河路14号。朗格勒。奈瓦尔。老灯笼街。"我很纳闷，因为他对丹妮只字未提，没做任何暗示。相信她没在他们的卡片上留下任何痕迹。按照通常的说法，她是成功逃脱的漏网之鱼，逃走后就杳无音信不知所终。对她来说那可是天大的好事。我撞见她和阿加穆里在卢森堡咖啡馆的吧台喝酒的那天夜晚，在过于强烈、过于苍白的氖灯下面，我最后终于分辨不出她的面孔。她变得只剩下一块明亮的光斑，没有立体感，好似在一张曝光过度的照片上。一个白块。没准她也是通过这种方式躲过了这个朗格勒的盘查。可我想错了。接下去的那个星期，第二次审问我的时候，我发现他了解丹妮的底细。

　　一天夜里，当时她还住在大学城，我陪她一直走到卢森堡地铁站。她不想一个人回那边的美国留学生楼，要我陪她一起乘地铁。当我们走下台阶抵达站台的时候，最后一班地铁刚刚驶离。我们可以安步当车，但一想到要经过那一条漫无尽头的桑代街，沿着桑代监狱然后还有圣安娜医院的围墙赶路，在那么个时间段，还是让我心里发憷。她带着我走到亲王殿下街的入口，我们一起去了那个圆弧形的吧台，待在那天晚上她和阿加穆里待过的同样的位置。她坐在那张高脚圆凳上，我呢，站着。我们俩紧紧地挨在一起，因为有好多顾客都挤在吧台边。灯光太强烈，我只得眯起眼睛，而且我们也没办法交谈，因为周围的喧哗声太大。过后，他们一拨接一拨地离开了咖啡馆。最里面，只剩下一名顾客了，这名顾客倒在吧台上，不知道是喝醉了还是仅仅睡着了。灯光还是那么白，那么强烈，但我感觉光域变窄了，照在我们身上的只有一盏聚光灯。当我们走到室外时，反差特别大，所有的一切都浸没在灯火管制般的黑暗中。我倒吸了一口气，俨然一只躲过了灯火的引诱和灼烧的飞蛾。

时间大约是在凌晨两三点钟。她告诉我说，她经常在卢森堡地铁站错过最后一班地铁，也是因为这个缘故，她找到了这家被她称为"66号"的咖啡馆，这个街区唯一通宵开门的咖啡馆。被那个名叫朗格勒的人讯问后不久，夜阑人静的时候，我朝着圣米歇尔林荫大道上面走去，远远地看见一辆囚车停在人行道上，挡住了"66号"那块被照得特别亮堂的玻璃。有人正在把顾客往车上赶。没错，这就是我和丹妮一起待在吧台前喝酒时我已经感觉到的事情。一些在灯火中被迷惑、被诱入圈套的飞蛾，处在大逮捕的前夜。我甚至相信自己当时凑到她耳朵边说过"大逮捕"三个字，她听罢莞尔一笑。

那个时候，在巴黎，入夜后，有一些过于明亮的地点是用来做陷阱的，我总是避之唯恐不及。当不知不觉到了那里，出现在那些奇奇怪怪的顾客中间时，我总是警惕着，甚至想方设法寻找逃生的安全出口。"你以为自己在皮嘉尔①吧。"她对我说道。听到"皮嘉尔"三个字随随便便就从她的嘴里脱口而出，我大吃一惊。到了外面，我们沿着卢森堡公园的栅栏往前走。我重复着"皮嘉尔"三个字，哈哈大笑起来。她也一样。在我们周围，万籁俱寂。树木的簌簌声透过栅栏，传到我们的耳畔。卢森堡地铁站关闭了，要乘坐第一班地铁可能要等到早晨六点钟。那边，"66号"的灯已经熄掉了。我们可以徒步返回，我已经准备好和她一起面对那条漫无尽头、阴森可怖的桑代街。

途中，我们一直想抄近道，后来我们在圣宠谷②附近迷失了方向。寂静更加深沉，我们能听见自己的脚步声。我寻思着我们是不是到了一个离巴黎不远的外省城市：昂

① 皮嘉尔，巴黎著名的红灯区，位于巴黎九区和十八区，因雕塑家让·巴蒂斯特·皮嘉尔而得名。
② 圣宠谷，建于1667年的一座巴洛克风格的教堂，法国大革命后变身为一所军医院，位于巴黎第五区。

热①，旺多姆②，索米尔③。这些我不熟悉的城市的名字，这些城市里的静谧的街道就好像圣宠谷街。街道的尽头有一道栅栏保护着一座花园。

她挽着我的胳膊。远远望去，可以看到一缕比"66号"要暗得多的灯光，在一幢楼房的底楼闪烁。

一座宾馆。玻璃门开着，灯光来自过道，一条狗睡在过道的中央，下巴搁在石板地面上。最里头，总台的后边，夜间值班员——一个秃头的男子——在浏览一本杂志。那一刻，在人行道上，我感到自己已经没有勇气再沿着监狱和医院的围墙，顺着桑代街往前走了，在茫茫黑夜里，那条街望不到尽头。

我不知道我们俩谁领着另一个进去的。在过道里，我们从那条狗身上跨过，没有把它弄醒。5号房空着。我到现在还记得那个数字，虽然我总忘记宾馆的房号，总忘记房间墙壁、家具和窗帘的颜色，仿佛我那一时期的生活渐渐风流云散于我而言是好事。然而，5号房的墙壁深深地留在了我的记忆之中，窗帘也一样，还有印着淡蓝色图案

---

① 昂热，法国西部历史文化名城，曼恩-卢瓦尔省省会。
② 旺多姆，法国中央大区卢瓦-谢尔省一市镇。
③ 索米尔，法国曼恩-卢瓦尔省一市镇。

的墙纸，而那种黑色的窗帘我后来才知道它们始于战争年代，依照所谓的"居民防空"命令，它们可以不让室内的任何光线穿透到外面。

那天夜里的晚些时候，我感觉到她想向我吐露什么事情，但她一直在犹豫。怎么会住在大学城，美国留学生楼，而她既不是大学生，又不是美国人？可是，无论如何，真正的邂逅是两个彼此一无所知的人之间的邂逅，即使是在夜里，在一个宾馆房间里。"先前，他们有些怪里怪气的，"我对她说道，"'66号'的那些顾客。幸好没碰上大逮捕。"是的，那些人，拥在我们周围，在白色的灯光下大声喧哗，他们为何那么晚还待在这个外省的拉丁区？"你提的问题太多。"她低声对我说。一座钟每隔十五分钟响一次。过道里的那条狗叫了起来。又一次，我觉得自己离巴黎天遥地远。就在天亮之前，我甚至好像听见了一阵木屐远去的声音。是在索米尔吗？许多年之后的一天下午，我在圣宠谷附近地区漫步，试图找到那家宾馆。先前我在那个黑色记事本上既没有记下宾馆的名字，也没有记下地址，就好比我们总是避免把过于私密的生活细节记录下来一样，担心它们一旦凝固在纸页上，就不再属于我们了。

在杰斯福尔滨河路的那间办公室，那个名叫朗格勒的人是这样问我的："您在尤尼克酒店开房了吗？"他说得漫不经心，仿佛早就知道了答案，只是要我简单地确认一下。"没有。""您经常去'66号'吗？"这一次，他直视着我的眼睛。他说到"66号"，我很吃惊。在那之前，我一直以为只有丹妮一个人像这样称呼那家咖啡馆。我也一样，也有过撇开原名，给咖啡馆取别名的时候，一个更古远的巴黎使用过的名字，所以我有时会这么说："我们在托托尼咖啡馆①碰面。"或者这么说："九点钟在康卡勒岩

---

① 托托尼咖啡馆，另译杜昂咖啡馆，巴黎意大利大道的一间咖啡馆，创立于1798年。1804年由吉尤塞普·托托尼接手，由于文人云集而享誉世界，巴尔扎克、司汤达、普鲁斯特、莫泊桑等作家都在作品中写到过该咖啡馆。1893年关门。

礁餐厅 ① 不见不散。"

"66号?"我假装在记忆中搜寻。我又一次听到丹妮用低沉的声音对我说:"你以为自己在皮嘉尔吧。"

"皮嘉尔66号吗?"我装出若有所思的样子,反问朗格勒。

"哪跟哪呀……我说的是拉丁区的一家咖啡馆。"

也许不应该跟他玩斗智斗勇的游戏。

"啊!想起来了……我应该去过两三次……"

"夜里吗?"

我迟疑了一下,不知如何作答。跟他这么说可能更慎重:白天去,当整个大厅都开门营业,大部分顾客都聚集在卢森堡公园围栏边的露台上的时候。白天里,咖啡馆之间是没有什么区别的。可是,何必撒谎呢?

"是的。夜里去。"

我想起我们周围那个沉浸在黑暗中的大厅和最里头那个狭窄的光区,恍如打烊过后一个秘密的避难所。还有那个名称,"66号",在参加秘密社团成员之间悄悄流传的名

---

① 康卡勒岩礁餐厅,建于1804年,是巴尔扎克、大仲马等人最喜爱光顾的餐厅,1845年关门歇业。1846年新开的同名餐厅位于同一条街对面,如今依然深受大众喜爱。

称中的一个……

"您一个人去吗?"

"是的。一个人。"

他在办公桌上的一张纸上查阅着,我好像看见上面有一串名单。我暗暗希望丹妮的名字不要在上面出现。

"'66号'的常客当中,您一个都不认识吗?"

"一个都不认识。"

他的目光一直盯着那张纸。我本来希望他向我举出"66号"那些常客的名字,并跟我解释那都是些什么人。也许丹妮认识其中的一些。或者阿加穆里。杰拉尔·马西亚诺、杜威尔兹和夏斯达尼埃似乎不常去"66号"。可我啥都不确定。

"那应该是一家大学生光顾的咖啡馆,就像拉丁区的其他咖啡馆一样。"我说道。

"白天,是的。但晚上不是。"

他的语气生硬,几乎夹带着威胁。

"您知道,"我尽可能柔声,尽可能随和地对他说,"我从来都不是'66号的夜间常客'。"

他用那双蓝色的大眼睛打量着我,他的目光里倒是没有任何威胁,那目光疲惫,挺和蔼的。

"不管怎样,您不在名单上。"

二十年后，好在有这个朗格勒——他并没有把我淡忘，就像这样，你人生的每个十字路口都站着一些哨兵——我手里拿到了一份案卷材料，"66号常客"的名单就列在那份材料上，顶头的是一个名叫"威利·德·古贝兰"的人。今后我得空的话，会把名单誊抄下来的。我还会把这份材料中的几页文字抄下来，补充和印证我那个已经很旧了的黑色记事本上的笔记。就在最近，我还从"66号"前面经过，想看看咖啡馆的那个区域还在不在。我推开了那扇玻璃门，丹妮和我，我们以前就是从那扇门进去的，我还在那扇门外观察过她，那时她坐在吧台边，在特别强烈、特别洁白的灯光下，和阿加穆里在一起。我在吧台前坐下。时间来到下午五点钟，顾客们占据了咖啡馆的另外那个部分，朝向卢森堡公园围栏的那一块。见我点了杯君度，服务生显得很惊讶，但我这么做只是为了纪念丹妮。也为那个名叫"威利·德·古贝兰"的人的健康干杯，他是那份名单上提到的第一个人，可我对他却毫不知情。

"您这里总是开到很晚吗？"我问服务生。

他皱了皱眉头。他好像听不懂我在说什么。一个约莫二十五岁的年轻人。

"我们每晚九点钟关门，先生。"

"这家咖啡馆是不是叫'66号'？"

我用从坟墓里传出来的声音说出这句话。他目光焦灼地盯着我。

"怎么会叫'66号'？它名叫'卢森堡'，先生。"

我想到了那份"66号"的常客名单。是的，我一得空就会把它重抄一遍。但是，昨天下午，我想起了名单上的几个人名：威利·德·古贝兰，西蒙娜·朗热雷，奥法努大吉斯，别人叫他"让大夫"的卢卡斯泽克医生，雅克琳娜·吉鲁普，还有一个名叫米海依·桑比里的女人，第一次传讯的时候，朗格勒就跟我提到过这个名字。

在我身后，在咖啡馆的大厅和露台上，坐着一些观光客和大学生。离我最近的那张台子边坐着的那群人是矿业学校的学生，我心不在焉地听着他们的谈话。他们在庆祝什么事情，也许是庆祝暑假开始。他们在现时的灰白暗淡的光线下用他们手里的"爱疯"相互拍照。一个平淡无奇的下午。然而，就是在这里，同样的位置，夜半三更时分，氖灯刺得我只能眯着眼睛，丹妮和我，我们几乎听不见对方说话，因为那一阵阵喧哗声，以及威利·德·古贝兰和所有那些围着我们的幽灵般的人群之间的高谈阔论，他们说过的那些话语永远也听不到了。

＊

　　要是我相信自己的记忆，"66号"和尤尼克酒店，还有那个时候我知道的巴黎其他地方，并没有太大的分别。无论走到哪里，空气中都笼罩着一层威胁，给生活增添了一种特别的色彩。即使置身巴黎之外，我仍能感觉到。一天，丹妮要我陪她去乡下的一所房子。我的黑色记事本中的一页纸上是这么写的："乡间别墅。和丹妮在一起。"除此之外，没有更多的记录。在之前的那一页，我看到了这样的句子："丹妮，维克多-雨果大街，有两个出口的大楼。相约十九点钟在大楼的另一个出口见面，在列奥纳多-达-芬奇街。"

　　我在那个出口等过她好几次，总是在同一个时间，在同一个门廊前面。那个时候，我把她"经常前往拜谒"——一个从她的嘴里说出来让我颇感意外的过时辞藻——的那个人和这座乡间别墅连在了一起。是的，要是我没记错的话，她跟我说过这座"乡间别墅"属于维克多-雨果大街的"那个人"。

　　"和丹妮一起在乡间别墅。"我没有记下那座村庄的名字。在翻阅黑色记事本的时候，我有种自相矛盾的感觉。

假如这一页页笔记缺少明确的细节，我就对自己说，那个时候我对任何事情都见怪不怪。年轻时代的无忧无虑么？但我重读某些句子，某些名字，某些标识，我仿佛又觉得当时的所作所为是在为往后的岁月发送一些摩尔斯电码。是的，就好像我想白纸黑字地留下一些形迹，使得我可以在遥远的将来弄清楚我在当时并不是很明白的生活经历。在混乱不堪中没看键盘盲打出来的一些摩尔斯电码，而且可能要等到好多好多年之后，我才能进行破译。

在记事本里用黑墨水记着"和丹妮一起在乡间别墅"的那一页上，列着一串用蓝色圆珠笔写下的村庄名单，那是在十多年前我决心重新找到这座"乡间别墅"时写下的。那所房子是在巴黎周边，还是在更远的索洛涅？我记不得自己为何选了这些村庄而不是另外一些。它们的音色让我想起其中的一个，我们曾在那里停下来给汽车加油。圣莱热代奥贝埃 ①。沃库托瓦 ②。奥瓦纳河畔多梅尔 ③。奥尔穆瓦拉里维埃 ④。罗莱勒博卡日 ⑤。谢佛里昂塞莱纳 ⑥。

----

① 圣莱热代奥贝埃，法国厄尔-卢瓦尔省的市镇。
②③ 沃库托瓦、奥瓦纳河畔多梅尔，法国塞纳-马恩省的市镇。
④ 奥尔穆瓦拉里维埃，法国埃松省的市镇。
⑤⑥ 罗莱勒博卡日、谢佛里昂塞莱纳，法国塞纳-马恩省的市镇。

布瓦兹蒙 ①。阿谢尔拉森林 ②。拉塞勒昂埃尔穆瓦 ③。圣万桑代布瓦 ④。

我买过一张米其林地图，一直保存至今，地图上印有这条标识：巴黎周围方圆一百五十公里。南北方向。然后还有一幅索洛涅的参谋部地图 ⑤。我好几个下午趴在这两幅地图上，试图找出我们的行车路线，那车是保尔·夏斯达尼埃借给我们的——不是那辆红色的蓝旗亚，而是一辆很不显眼的汽车，车身灰不溜秋的。我们从圣克鲁门驶出巴黎，经过那条隧道，然后上高速公路。既然那栋乡间别墅在南部，在索洛涅那边，那为什么走的是这条去往西边的线路？

之后不久，我在记事本里的一页纸的下方，发现用细小的字体写着"富油丝 ⑥"几个字，后面还连着一个电话号码。那页纸上我累积了许多有关诗人特里斯丹·科比埃尔的笔记。那个村庄的名字差点就永远隐没在这一大堆密密麻麻与科比埃尔相关的笔记当中。富油丝。437.41.10。没

---

① 布瓦兹蒙，法国瓦勒德瓦兹省的市镇。
② 阿谢尔拉森林，法国塞纳-马恩省的市镇。
③ 拉塞勒昂埃尔穆瓦，法国卢瓦雷省的市镇。
④ 圣万桑代布瓦，法国厄尔省的市镇。
⑤ 参谋部地图，一种由法国参谋部绘制的 1/80000 的地图。
⑥ 富油丝，法国中部的一个小村庄，位于巴黎西部 94 公里处。

错，有一次，我到那所乡间别墅去会丹妮，她给我留的正是那个电话号码。我在圣克鲁门坐了一辆大客车。大客车在一座小城市停了下来。我从一家咖啡馆里给丹妮打电话。她开车——依然是保尔·夏斯达尼埃借给我们的那辆灰色轿车——来接我。"乡间别墅"离那家咖啡馆有二十来公里。我找了一下富油丝在哪个位置：不在索洛涅，而是在厄尔-卢瓦尔省。

437.41.10。铃声接二连三地响起，但无人接听，令我惊诧的是，过了那么多年，这个号码依然没有被销掉。一天晚上，我又一次拨通了437.41.10，听到一阵轻微的爆裂和一些闷声闷气的声音。也许这是被人舍弃很久的线路中的一条。而那些号码只有一些内部人员知道，用来进行秘密联络。我终于听出一个女人的声音，总在重复同一个句子，我却截获不了那些字词——一个单调的呼叫，像是在一张有划痕的唱片上。电话报时机的声音吗？抑或是丹妮从另一个时代、从那栋消失不见了的乡间别墅里呼叫我的声音？

我查阅了一本老旧的厄尔-卢瓦尔省的电话号码簿，那是我在圣乌昂跳蚤市场一个摊位的数百种别的电话号码簿中淘出来的。在富油丝只有十来个电话用户，那个电话号码就在上面，一个为你打开"往昔之门"的密码。《往昔之门》是我在那所乡间别墅的一个书架上挑出来的、和丹妮一起阅读的一本侦探小说的名字。富油丝（厄尔-卢瓦尔省）。瑟农什区[①]。多尔姆夫人。巴尔贝里。437.41.10。这位多尔姆夫人是什么人呢？丹妮在我面前说过这个名字吗？也许她还活着。只需跟她进行联络。她兴许知道丹妮的境况。

　　我打电话到问讯处。我问了厄尔-卢瓦尔省富油丝区巴尔贝里村的新电话号码。跟我那天和卢森堡咖啡馆的服务生说话时一样，我的声音像是从坟墓里发出来的。"富油丝，是三点水的'油'吗，先生？"我挂断了电话。何必呢？都过去那么久了，多尔姆夫人的名字肯定已经从电话号码簿里被删去了。那所房子的房客也一定换了一拨又一拨，他们把房子改头换面，估计面目全非到了我已经认不出来的程度。我把那幅巴黎周边地图摊放在桌子上，很失望地把占了我整整一个下午的那张索洛涅地图放到了一边。"索洛涅"这个名字温柔的音色把我引入了歧途。我还记得有几口水塘，离那所房子不是太远，让我很想念这个地区。可是，米其林地图无关紧要。对我来说，那所房子将会永远屹立在索洛涅的一个想象的飞地上。

――――――――――――――――――

① 瑟农什区，法国厄尔-卢瓦尔省的一个行政区。

昨天晚上，我按照索引在地图上寻找巴黎到富油丝的行程。我沿着时间长河溯流而上。现时已不再重要，因为这些日子在暗淡的亮光中千篇一律、一成不变，而这暗淡的光必定就是衰老之光，在这种暗无天日的光景中，感觉自己只是徒具形骸地活着。我对自己说，我要去把那一排排树木重新找到，把那些白色的栅栏重新找到。那条狗会沿着那条小道，慢悠悠地朝我们走来。那时我常想，除了我们，它是那所房子唯一的住户，甚至是它的房主。我们每次回巴黎时，我都对丹妮说："那条狗，也许应该带上它，让它跟我们一起走。"每次它都守候在汽车前面看我们出发。然后，当我们登上汽车，车门咣的一声关上后，它就朝那个用来做柴房的窝棚走去，我们不在时，它习惯在那里睡觉。而且，每一次，我都会因为要回巴黎而黯然神伤。我问丹妮，我们是否有可能在那所房子里隐居一段时间。有这个可能的，她对我说，但是没那么快。我听错了，也有可能是我理解错了，她经常前去拜谒的、维克多-雨果大街的那个"人"与这所房子没有关系。女房主——是的，是个女的——目前在国外。她跟我解释说，她是在前一年找工作时认识那名女子的。但她没跟我讲明那是个什么类型的"工作"。不管是阿加穆里也好，还是被我称为"蒙帕纳斯帮"——保尔·夏斯达尼埃、杜威尔兹、杰拉尔·马西亚诺，还有我经常在尤尼克酒店的大厅里见到的那些身影——那些人也好，都不知道这所房子的存在。"太好了。"我说道。她嫣然一笑。表面上看，她赞同我的意见。一天晚上，我们烧燃了一堆火，坐在壁炉前的那张大沙发上，狗睡在我们的脚边，她跟我说她很后悔借了保尔·夏斯达尼埃的灰色汽车。她甚至还说，她再也不想和那帮"王八蛋"有任何牵扯。我对她使用这样的字眼感到惊讶，因为她说话向来都很有分寸，而且常常不爱言语。这一次也不例外，我并没有一脸好奇地诘问她到底是什么东西把她和这些"王八蛋"搅和在一起，又为何受阿加穆里的影响在尤尼克酒店要了一间房。说实在话，在这所被树屏和白栅栏保护起来的房屋的静谧中，我已经没有刨根问底的欲望。

然而，一天下午，我们去埃特雷莱磨坊路——有些我们以为已经遗忘了，或者我们不去说因为害怕触景生情的名字会突然在我们的记忆中重现，没有比这更让人痛苦的了——散步回来，狗走在我们前面，走在秋日的阳光下。我们刚把身后的门关上，就听见一阵发动机的声音，声音越来越近。丹妮抓住我的手，把我带到二楼。到了卧室，她示意我坐下，她本人则守在一扇窗户边。发动机熄了火。一扇车门咣地响了一下。小路铺满砾石的那一段响起了脚步声。"是谁呀？"我问道。她没有吱声。我溜到另外一扇窗户边。一辆身形庞大的美国牌子的黑色轿车。我好像觉得有个人坐在方向盘后面。门铃声响了一下。然后两下。然后三下。下面，狗叫了起来。丹妮僵立在那里一动不动，一只手紧紧地抓住窗帘。一个男子的声音："有人吗？有人吗？听见我说话吗？"声音很大，带有轻微比利时、瑞士或者包括他们本人在内无人知道他们的母语是什么的人的那种国际口音。"有人吗？"

狗越叫越凶。它就在门口，要是门没关严，很有可能被它一脚扒开。我低声问道："你不觉得那家伙会闯进屋里吗？"她摇了摇头，表示不会。她在床边坐了下来，抱着双臂。她的脸上流露出的更多是烦恼而不是恐惧，她坐在那里，一动不动，垂着脑袋。我呢，我暗想，那家伙会在客厅里等着，我们很难从这所房子里出去，把他甩掉。但我一直保持沉着冷静。这种情形我经常遭遇，躲开我认识的那些人，因为我突然觉得跟他们说话很累。他们靠近时，我变换人行道，或者在一栋大楼的门口躲起来等他们过去。为了躲开一个不速之客，我甚至翻越过底楼的一扇窗户。我知道不少大楼有两个出口，这些大楼的名单都列在了我的黑色记事本上。

没有再听到别的门铃声。狗不再叫了。透过窗户，我看见那人径直朝停在台阶边的汽车走去。一个穿着毛皮大衣的棕发男子，个头比较高大。他朝降下了玻璃的车窗俯下身子，跟坐在方向盘后面、但我看不清面孔的那个人说话。然后他钻进汽车，汽车沿着小路开走了。

晚上，她对我说最好别开灯。她拉上了客厅和我们用餐的那个屋子的窗帘。我们用蜡烛照明。"你认为他们会回来吗？"我问她。她耸了耸肩。她对我说，来人一定是女房东的朋友。她不喜欢跟他们打照面，否则有可能被他们"死缠烂打"。时不时地，她会冒出一句类似的口语，跟她那特别精练的语言很不协调。在拢上了窗帘的客厅的半明半暗中，我心里一直在想，我们是撬锁进入这所房子的。此行为在我看来也比较正常，因为我已经习惯了这种感觉不到哪怕一点点合法性的生活，那些拥有善良诚实的父母亲并且属于一个非常明确的社会阶层的人才能体会到那种合法的感觉。我们在幽暗的烛光中低声说着话，为的是不让外面的人听见，她也一样，对这样的处境并不觉得大惊小怪。关于她的事情，我所知甚少，我相信我们俩有一些共同点，相信我们来自同一个世界。但我不好意思道明是哪个世界。

有两三个晚上，我们都没有亮灯。她含含糊糊地跟我解释说，她住在这所房子里的"权利"不是特别充分。她只是从上一年起就私自保留了一把房屋的钥匙。她也没有提前告诉那位"女房东"自己打算在这里住上一些时候。她也许应该跟守门人解释一下，那人负责照料花园，我们总有一天会与他狭路相逢。不，这不像我预想的那样是一座被人舍弃不住的房子。日子一天天地过去。守门人每天上午过来，我们的存在并没让他觉得讶异。一个长着一头灰发的小个子男人，穿着一条灯芯绒长裤和一件猎装，她没有跟他做任何解释，他也没有向我们提任何问题。他甚至跟我们说，若是我们有什么需要，他可以帮我们弄过来。他好几次带着我们和那条狗去蒂默赖地区沙托纳①购物。或者，去更近的马耶布瓦②和当皮埃尔苏布雷维③。这些名字在我的记忆之中沉睡，但并没有消失。昨天晚上，同样的，一段被湮没的往事突然重现。我们动身去富油丝的前几天，我陪她去了维克多-雨果大街的那栋楼房。这一次她叫我不要在另外那边的列奥纳多-达-芬奇街的门口等她，而是去更远处的广场上的一家咖啡馆。她不知道自己几点钟才能出来。我等了她约莫一个小时。她找到我时，脸色煞白。她要了一杯君度，然后一干而尽，像她自

---

①②③　蒂默赖地区沙托纳、马耶布瓦、当皮埃尔苏布雷维，法国厄尔-卢瓦尔省的市镇。

己所说的那样要"刺激一下"。结账的时候，她用的是从一沓用红纸带捆着的钞票里抽出来的一张五百法郎纸币。先前坐地铁的时候，她身上还没有那一沓钱，那天下午我们只剩下一些购买两张二等车厢地铁票的零钱。

巴尔贝里。埃特埃勒磨坊。佛朗布瓦希埃尔。这些名字突然重现，完好无损，就像那一对在山上找到的、冻在冰层里数百年来从未曾变老的未婚夫妇。巴尔贝里，这是那所房子的名字，如今我依然能看见它那掩映在一排排树木中间的对称的白色立面。三年前，我在火车上心不在焉地浏览一张报纸上的各种启事，发现它们比我在黑色记事本上誊抄启事的那个年代要少得多。再也没有招聘和求职广告。再也没有寻狗启事。再也没有占卜通灵信息。再也没有陌生人登载的任何留言信息："马婷娜。给我们打电话。伊封、尤阿妮塔和我非常挂虑。"但还是有一则广告引起了我的注意："老宅出售。厄尔-卢瓦尔省。夏多讷夫和布雷左勒之间的一个小村庄。花园。池塘。牲口棚。帕卡迪房产公司。电话：02.07.33.71.22。"我相信自己认出广告上说的便是那所房子。我把那则广告抄在我那个旧的黑色记事本最后一页的底部作为尾声。可是，我想不起有任何牲口棚之类的东西。的确有些水塘——或者不如说是水潭，我们散步的时候，狗经常去水里洗澡。巴尔贝里不只是那所房子的名字，它也是那座小村庄的名字，而这所房子从前一定是村里的城堡。周围全都是植物覆盖下的残垣断壁，可能是从前的建筑主体，一座小教堂的废墟，甚至有可能是一个牲口棚的废墟，怎么就不可能呢？一天下午，我们带着狗——多亏了它我们才发现了那些废墟堆，它就像一条用来寻找块菰的狗一样，一步一步地把我们引了过去——出去散步，我们制定了一些重新修复的计划，就好像我们是这片地产的业主一样。也许丹妮不敢跟我说，但这所房子在几个世纪之前确确实实属于她的祖先，巴尔贝里的领主。很久以前，她就想偷偷地回去参观一番。这起码是我乐意想象的事情。

我把自己根据黑色记事本所做的笔记创作的一部一百来页的手稿遗落在巴尔贝里了。或者不如说，我把那部手稿留在了我写作的那个客厅，心里想着接下去的那个星期还会回去。但我们永远也没能回去，于是，我们把那条狗和那部手稿永远地撇在了那里。

所有这些年里，我屡次三番地想，我原本有可能把那部手稿找回来的，就像找回一件纪念品——与你的一段人生有着千丝万缕联系的物品当中的一个：干花，有四瓣小叶的三叶草①——一样。但我已经弄不清楚那所乡间别墅地处何方。我在翻阅那个陈旧的黑色记事本时常常感觉到一种怠惰和一丝恐惧，但却费了很多时间在里面查找那座村庄的名字和电话号码，因为它们被我用非常细小的字体写在其他笔记中间。

　　如今，我再也不惧怕这个黑色记事本了。它可以帮助我俯瞰往昔岁月，这句话令我哑然失笑。这是一部小说的名字：《一个人俯瞰往昔岁月》。我是在那所乡间别墅里的一个书架上找到的——在客厅的一扇窗户旁边有好几个书架的书。往昔岁月么？不，无关往昔岁月，而是一段理

---

① 这种三叶草被视为吉祥物而被人珍藏。

想、永恒生活中的一些片断，我从阴郁的日常生活中一页一页地揭下来这些片断，只为给这样的日常生活增加一些光和影。时间来到了现在，今天下午，雨淅淅沥沥地下着，人和事都淹没在晦暗不明的氛围之中，我急切地等待着夜幕的降临，到时候借由光与影的明暗对比，所有的一切都会清晰地映现出来。

那天晚上，我坐汽车穿越巴黎，那些灯光和暗影，那些形态各异的装有反射镜的路灯或装在灯柱上的路灯令我心潮起伏。不管是在大街上还是在小街的拐角，我都能感觉到它们在向我发射信号。这种感觉跟你久久地注视着一扇透着灯光的窗户时所产生的感觉是一样的：一种房间里既有人又无人的感觉。玻璃窗后面，卧室是空的，但有人留着那盏灯。对我而言，既没有现在，也没有过去，从来如此。所有的一切都杂糅在一起，正如那个每晚都会亮着一盏灯的空房间。我经常做梦，梦见自己又找到了那部手稿。我走进那间铺着黑白相间地板砖的客厅，在书架下面的抽屉里翻找着。要不就是，一个我怎么也分辨不出信封背后"寄信人"三个字后面那个名字的神秘写信人，把它邮寄给了我。而邮戳上显示的时间是丹妮和我，我们一起去乡间别墅的那一年。但这件包裹用了那么长时间才寄到我这里并没有让我觉得奇怪。显而易见，既没有过去，也没有现在。好在有黑色记事本上的那些笔记，我想起了这部稿件中的几个章节。这是一部献给布兰奇女男爵，献给1794年7月26日大革命时期才二十一岁便在拉德兹威尔酒店被送上断头台处决的玛丽-安娜·勒鲁瓦，献给让娜·杜瓦尔，献给特里斯丹·科比埃尔和他的朋友罗多尔夫·德·巴迪那、埃尔米尼·库西亚尼的书……这部书稿中没有一页关涉我所生活的20世纪。然而，要是我有可能重读那一页页稿件，我写作它们的那些日日夜夜的确切色彩和气味就有可能透过它们重新复活。假如我通过那个黑色记事本来进行判断，那么，1791年的拉德兹威尔酒店跟蒙帕纳斯街的尤尼克酒店就没有迥然的分别：暧昧不清的氛围如出一辙。如今想来，丹妮和布兰奇女男爵难道就没有共同之处吗？我很难追寻这个女男爵的人生轨迹。我常常失去她的踪影，尽管她在我那时读过的卡萨诺瓦的回忆录和路易十五的一些警探的报告当中出现过。18世纪以来，那些警探果真变了吗？一天，杜威尔兹和杰拉尔·马西亚诺压低声音告诉我尤尼克酒店同时受到便衣警察缉捕大队的监视和保护。他本人肯定也起草过报告。二十多年过后，在那个朗格勒——这么多年里他没把我忘记我真的觉得很惊讶，"哪能呢，"他脸上浮着一丝微笑对我说道，"我一直'远远地'跟着你。"——送给我的案卷材料中，有一份关于丹妮的报告夹在其他资料中间，跟两个世纪以前撰写的关于布兰奇女男爵的材料一样精细。

无论怎样，我并不为那部稿件的遗失感到惋惜。要是它没弄丢，我觉得自己如今可能不会再有创作的欲望。时间被荡涤，一切从头开始：我像从前一样，用同样的钢笔和同样的笔迹，一边重新查阅我那本陈旧的黑色记事本，一边在一页页纸上写满文字。我大约需要用一生的时间来回到起点。

昨天夜里，我又梦到自己去邮局，带着一张写有我名字的通知单在柜台那里出现。交出通知单后，有人把一件包裹递给我，我早就知道里面装的是什么：是上个世纪遗落在巴尔贝里的那部手稿。而这一回，我可以看到寄信人的名字：多尔姆夫人。巴尔贝里。富油丝。厄尔-卢瓦尔省。邮戳上的时间是 1966 年。我还在大街上就打开了包裹，的确是那部手稿。我忘记那个年代我用的是方格纸，那是我一页一页地从罗地亚牌的橘黄色信笺簿上撕下来的。墨水则是佛罗里达蓝，这个我也不记得了。总共九十九页，最后一页没写完。密密麻麻的字体，还画了许多杠杠。

我把那部手稿紧紧地夹在腋下，兀自朝前走去。我害怕把它弄丢。一个夏日黄昏。我沿着国民公会街，朝布希库医院的黑色立面墙和栅栏门走去。

醒来后，我明白梦中去拿包裹的邮局正是我经常陪丹妮去的那家。她就是在那里取邮件的。我曾经问过她，为什么让别人把邮件寄到国民公会街，而且还寄的是邮局自领。她跟我解释说，她曾在这个街区居住过一段时间，之后就一直"居无定所"。

她收到的邮件不多。每次，都只有一封信。我们在再往下去的、国民公会街和菲利克斯-佛尔街的街角一家咖啡馆停下，咖啡馆正对着地铁口。她拆开那封信，当着我的面看了起来。然后，她把信塞进大衣口袋。我们第一次去那家咖啡馆时，她对我说："是一个从外省给我写信的亲戚。"

不能在这个街区继续住下去，她似乎很惋惜。据我的理解——但有时她说出口的话自相矛盾而且好像并不是真的具有所谓的"年表意识"——这是她到巴黎后第一个落脚的地方。没住很长时间。就几个月而已。我随即感觉到她有些犹豫要不要告诉我她来自哪个省份，或者确切地来自哪个国家。有一天，她对我说："当我在里昂火车站下车抵达巴黎时……"这句话一定把我震撼了，被我记在了那个黑色记事本上。她如此明确地把一个与她本人相关的信息告诉我，这种情况实属罕见。那是在一天傍晚，我们一起去国民公会街领她的邮件，去的时间比平常要晚许多。在我们到达邮局前面的时候，天已经黑了，差不多到了下班关门的时间。我们重新回到那间咖啡馆。那名服务生肯定从她住在这个街区时起就认识她，不等她开口，就给她上了一杯君度。她看完那封信，然后把它塞进了口袋。

"当我在里昂火车站下车抵达巴黎时……"她告诉我，那一天她坐的是地铁。换乘了好几次之后，她在这里，在布希库地铁站下了车。她一边说，一边透过咖啡馆的玻璃窗把地铁口指给我看。换乘的时候，她还坐错了车，不知不觉就到了米歇尔-安热-奥特伊。我由着她往下说，了解她在回避一个过于明确的问题时所采用的方式：岔开话题，仿佛在想别的事情，好像没听见跟她交谈的人所说的话。可是，我还是问了一句："那天没有一个人到里昂火车站接你吗？""没有。没有一个人。"有人把一个小套房借给她，就在这附近，在菲利克斯-佛尔大街。她在那里住了几个月。那是在入住大学城之前。我低着头。一个简简单单的字，一个过于坚决的眼神，都有可能让她三缄其口。"待会儿，我带你去看我住过的那栋楼房。"我很吃惊，对她的提议，尤其是她那忧伤的声音，仿佛她很懊悔离开了这个地方。突然之间，她沉浸在自己的思绪中。是的，那一时刻，她给我的感觉就像是一个意识到自己误入歧途之后很想往回走的人。她把那封信放进口袋。说到底，把她和这个街区连在一起的唯一纽带，是那个邮件留局自取的邮局。

那天晚上，我们沿着国民公会街，往塞纳河方向行进。后来，还有那么两三回，当她在右岸的维克多-雨果大街有约的时候，我们再次从这条路线走过，而且同样是在我第一次陪她去邮局取她的日常信件那样的下午。经过的时候，她指着圣克里斯朵夫-德-雅威尔教堂对我说，她经常走进里面，点上一支大蜡烛，并不是她真的相信上帝，这么做更多是因为迷信。那是她刚到巴黎的时候。由于这个原因，我对这座砖砌的教堂格外有感情，到现在我还想进去，也在那里点一支蜡烛。可是，有什么用呢？

那天晚上，在塞纳河边，我们没有像平时往右岸时那样在雅威尔地铁站搭乘地铁。我们折了回去，重返国民公会街。她执意要带我去看一看她住过的那栋楼。在临近咖啡馆时，我们从右边的人行道拐进了那条大街。我们走到那栋大楼附近时，她对我说："我带你去参观那套房间……我没有把房门钥匙交回去。"她可能事先斟酌过这件事，因为那把钥匙她随身带着。她瞥了一眼那扇漆黑的窗户后，又对我说："女门房这个时候总不在，但你别在楼梯里弄出声响。"她没有打开定时楼梯灯。幸好底楼小夜灯照出一缕朦胧的微光，楼梯上勉强能看见。她倚在我的手臂上，我们俩紧紧地挨在一起，我想到了一个让我忍不住想笑的短语："像狼似的蹑手蹑脚。"她在黑暗中打开了房门，待我们进屋后又轻轻地把它关上。她摸索着寻找开关，一缕黄色灯光从前厅的吸顶灯那里照下来。她提醒我，现在讲话必须小声，也不能开别的灯。很快，就在右边，是一间卧室微微打开的门，她告诉我那是她的卧室。她把我带到我们前面那个被前厅的灯光照亮的走廊。左边，一个摆放了一张餐桌和一个碗橱的房间。餐厅吗？右边，是"客厅"，从那张长沙发和那只小玻璃柜即可断定，柜子里摆放着一些小小的象牙塑像。窗帘都拉上了，她便打开了一张小圆桌上的一盏灯。跟那盏吸顶灯一样暗淡的黄色灯光。最里面，有一间摆着一张镶有铜质横档的大床的卧室，墙上贴着有天蓝色图案的墙纸。有一个床头柜上垒着一叠书。我突然害怕大门发出砰的一声，住在这里的那个房主走进来，把我们逮个正着。她把床头柜的抽屉一个接一个打开，在里面翻找着。她从抽屉里陆陆续续地拿出一些文件，把它们装进大衣口袋里。我呢，我站在那里看着她，人都僵住了，一边等着大门的砰砰声。她打开床铺对面那个带穿衣镜的衣柜的一扇柜门，但搁板上什么也没有。她把柜子重新关上。"你不觉得会有人进来吗？"我低声问道。她耸了耸肩。她看着床头柜上那堆书的书名。她抽出一本，红色封面的，把它也塞进大衣口袋里。她必定认得住在这里的人，因为小套房的钥匙一直是原来的那一把。她关掉了床头柜上的那盏电灯，我们从那间卧室里走了出来。最里头，在吸顶灯的黄色灯光和客厅里那盏一直亮着的灯的照耀下，这个小寓所陈旧的一面显得更加明显，黑乎乎的木制碗橱，玻璃柜里的象牙塑像，破旧的地毯。"你认得住在这里的人吗？"我问她。她没有搭理。那不可能是她的父母亲，因为她是在某一天从外省或者外国坐车来到里昂火车站的。一个在这里独居、租了一个房间给她的人吗？

她把我带到左边、在前厅前面的那个卧室。她没有开灯。她把房门开得大大的。借助前厅顶灯灯光，那里可以看得比较清楚。一张比里面那间卧室的大床要小得多的床，床绷上什么也没有。窗帘都拉上了，黑色窗帘，跟那一次由于疲劳而下榻停留的圣宠谷旁边的那家宾馆里的窗帘一样。在床的对面，靠左边的墙壁放着一张支架桌子，桌子上放着一台裹着皮套子的电唱机和两三张三十三转唱片。她挥挥袖子背面，抚掉了唱片袋上的灰尘。她对我说："你稍等。"我坐在床绷上。她回来时，手上拿了一个布提包，她把那台电唱机和唱片都放进了提包。她在床绷上挨着我坐了下来，仿佛在沉思，像是担心漏掉了什么。"真遗憾，"她大声对我说道，"我们不能待在这个房间里。"她强作微笑。她的说话声在这套空荡荡的房间里发出异样的回音。我们离开卧室，把门关上。我拎着那个装了电唱机和唱片的布提包。她熄掉了前厅的灯。打开大门之后，她对我说："女门房一定回来了。我们在门房前面经过时要尽可能地快。"我拎着那个提包，担心在昏暗的楼梯上一脚踏空。我走在她前面。定时楼梯灯灭了，我们在二楼的楼梯平台上一动不动地站了一会儿。一扇门砰的一声关上。她悄悄地对我说，那是门房的门。在与那个小套间里的昏暗灯光形成鲜明对比的强烈灯光下，我们继续下楼。在底楼，女门房的玻璃门被灯光照亮。在开启大门的按钮上按了一下。假如这扇门被锁住了该咋办呢？不可能把这个让我觉得非常沉并且让我的模样像撬窃贼的布提包藏起来。门被反锁住，女门房拨打报警电话，她和我，我们一起被塞进囚车。确实没错，实在是没办法，当我们那些高贵、诚实的父母没有在我们童年时让我们相信，无论在什么情况下我们都有天经地义的权利以及理直气壮的优越感时，我们总觉得自己有罪。她摁了一下按钮，打开了那扇大门。到了大街上，我不由得加快了脚步，她也跟我一样齐步前进。也许她担心与那套房间的主人狭路相逢。

我们抵达国民公会街时，我以为我们会猛地冲进地铁口，可她把我带到了我们取完信后经常去的那家咖啡馆。这个时间，一位顾客也没有。我们在一张桌子边坐下，在最里面。服务生给她上了一杯君度，我心里一直在想，我们偷偷溜进那套房间后在这里抛头露面是不是不太谨慎。我把那个布提包藏到桌子底下。她从大衣口袋里拿出那本书和那些文件资料。后来，她告诉我她很高兴能够重新找回这本书，因为这本书她珍藏了很久，是她小时候别人送给她的。她好几次差点就把它弄丢了，但每一次都把它找了回来，就像那些不愿离开你、对你矢志不渝的信物。那是安东尼·霍普①的《回到赞达》，一套红色封面的老丛书中的一本，封面已经破损。在她仔细查阅的文件资料中，有几封信，一本旧护照，还有几张名片……到了晚上九点钟，那个服务生和正在吧台后面打电话的咖啡馆老板好像已经忘记了我们的存在。"客厅里的灯没关。"她突然对我说道。这一发现带给她的忧伤或者遗憾要多过不安，仿

---

① 安东尼·霍普·霍金斯(1863—1933)，英国作家，作品有《赞达的囚犯》《回到赞达》等。

佛如此平常的、返回那套房子把灯熄掉的行为对她来说是被人禁止的。"我早就知道我忘了什么东西……我本该看一下我房间的壁橱里是否留有我的衣服……"我跟她提议说，要是她把钥匙给我，我可以重新上楼进屋去，把客厅里的灯熄掉，把她的衣服拿回来，但我也许不用那把钥匙，我只需按一下门铃即可。住在屋里的那个人，要是回来了，会给我开门，我再跟那人解释说我是替她去的。我跟她说这些时，就好像事情不言而喻，一边也暗暗期待她会给我更多一些解释。我最终明白了不必直接问她问题。"那可不行，不可能的，"她用非常平静的声音跟我说，"他们一定以为我已经死了……""死了？""是的……反正，失踪了……"她朝我微微一笑，以缓和她说这些话时的那种严肃语气。我提醒她注意，无论如何，"他们"都会发现有人开了客厅的灯，拿走了文件资料，那本书，那台电唱机和那些唱片……她耸了耸肩。"他们会以为是个幽灵。"她短促地笑了一声。她身上的这种犹疑和惆怅令我惊讶，但过去之后，她就显得放松了。"房东是个老太太，我租了她的一个房间，"她对我说道，"她一定不明白，我为何没有提前告诉她就突然不辞而别。但我喜欢当机立断。我不喜欢告别。"我心里想，她说的到底是实话，还是想安慰我，让我不要再提别的问题。倘若房东是个"老太太"，她干吗一开始说的是"他们"？无关紧要。在那儿，在咖啡馆里，我并不觉得真有那个向她提问题的必要。与其总让别人遭受你的审问，还不如默默地接受他们本来的样子。而且，我可能隐隐约约有个预感，那些问题，我今后可能会问自己。实际上，三四年后的一天晚上，我坐在米拉波圆形广场上的一辆汽车里，看见国民公会街在我前面豁然打开。我有一种幻觉，觉得只需要从车里下来，在汽车堵得水泄不通时把它扔在那里，步行到街上，就会最终飘浮在自由的空气中，处于失重状态。我会迈着轻快的步子走在右边的人行道上。从圣克里斯朵夫-德-雅威尔教堂前经过时，我会走进里面，点燃一支大蜡烛。我会重新出现在那家咖啡馆和地铁口中间地势稍高的地方。那名服务生看见我在那里，不会觉得惊讶，我什么也没问他要，他就会端出两杯君度，把两杯酒面对面地放好。我会去那个小套间按门铃，好拿回她的衣服。问题是，我不知道那栋大楼的确切号码，而且，菲利克斯-佛尔大街那一带楼房的立面和门廊太相似了，让我认不出哪个是对的。同一天晚上，我觉得自己听见了她用略微嘶哑的声音对我说："一个老太太，我租了她的一个房间"，那声音显得那么近……一个老太太……我在那本街道年鉴上查找，想知道那栋大楼的号码。我回想起我们路过一家宾馆和一扇很大的玻璃窗，透过玻璃窗，我惊讶地看到一排排在半明半暗的光线中发着亮光的电话机。一天下午，她去邮局取邮件，约我在那家咖啡馆见面，我沿着菲利克斯-佛尔大街，朝那天晚上我们像撬窃贼一样进去过的大楼走了几步。一些父母亲站在人行道上，等着一所女子学校放学。街道年鉴进一步证实了我的回忆。布尔贡德电话局。航空宾馆：宾馆在那栋大楼前面，这一点我确信无疑。但女子学校，在56号吗？前面还是后面？无论如何，那栋大楼在那条大街和杜朗东街交叉的十字路口之前。我想到现场去核实一番。可是，有什么用呢？所有这些房子的立面都惊人的相似。"一个老太太，我租了她的一个房间……"在年鉴里，62号的确住着一个伯雷太太。

她把那本红色封面的书递给我，安东尼·霍普的《回到赞达》，让我把它塞进那只装了电唱机和唱片的布提包。我问她是不是读过这本书。是的，第一次读是在她小时候，从头到尾读完一遍，但什么也不懂。后来，她翻到哪章读哪章。接近晚上九点钟了。服务生跟我们说咖啡馆准备打烊了。我们走到外面，外面在下雨。我拎着那个布提包，她的大衣有一个口袋鼓起来了，因为她在里面塞了很多文件资料。我们在地铁站里等了很久列车才来，在莫特-碧凯换乘的时候等的时间还要长。在那个时间段，车厢是空的。她在口袋里搜寻着，从其他文件资料中抽出一些我觉得是名片的东西。见我有些好奇地观察她，她微笑着对我说："我会把这些都拿给你看的……你看了就会发现……不是特别有趣……"眼看着要回蒙帕纳斯的那个房间了，但她的脸上好像并没有露出多少喜色。就是在那天晚上，在地铁里，她第一次暗示我，我们可以去那所乡间别墅，但我不能跟其他人说。其他人指的是阿加穆里，还有与他过从甚密的那些人：杜威尔兹、马西亚诺、夏斯达尼埃……我问她，阿加穆里是否知道她曾在菲利克斯-佛尔大街的那套小公寓里住过。哪会呢，他不知道。她后来才认识他，在大学城里。他也不知道她刚刚跟我提到过的这所乡间别墅的存在。"离巴黎一百来公里的一所乡间别墅。"她对我说道。没有，阿加穆里，还有其他任何人都没陪过她去邮局取邮件。"那么，只有我知道你的秘密啰？"我问道。我们沿着蒙帕纳斯地铁站里漫无尽头的通道往前走着，传送带电梯上只有我们俩。她挽着我的胳膊，把头斜枕在我的肩上。"我希望你会守口如瓶。"我们在林荫大道上朝"穹顶"走去，然后沿着那座公墓的围墙绕道而行。她在拖延时间，省得在酒店的大堂里碰到阿加穆里和其他人。我差点就问她，为什么事无巨细都得向他禀告，但斟酌之后，我好像觉得问也是白搭。我觉得那个时候我就已经明白了谁也不会回答问题，永远不会。"也许要等到他们把大堂里的灯熄掉再回去，"我用比较洒脱的语气跟她说道，"就像刚才，上楼去那个套间……但我们有可能被那个夜间值班员发现……"我们离酒店越来越近，我猜想她心里有一丝恐惧。但愿大堂里一个人也没有，我心里暗暗想。她最后肯定会把她的忧虑告诉我。我仿佛已经听到保尔·夏斯达尼埃用他那富有金属质感的声音问我："您用布提包搬运什么呀？"她犹豫着要不要进入酒店所在的那条街。差不多晚上十一点钟了。"我们再等一等吗？"她问我。我们在埃德加-基耐林荫大道边那块土台的一张长凳上坐下。我把布提包放在身边。"刚才没把客厅的灯关上真的很蠢。"她对我说道。她如此在意这件事，很让我惊诧。可现在，那么多年过去之后，我能更好地理解那种突如其来的使她的目光黯淡的忧伤。我还不是一样，一想到在那些我们从未回去过的地方被我们忘记熄掉的灯，总有一种奇奇怪怪的感觉……这不是我们的过错。每一次都必须匆匆忙忙地离开，都必须踮着脚走。我敢肯定，在那所乡间别墅里，某个地方也有一盏灯被忘记关掉。我是不是要独自承担这种疏忽大意或者丢三落四的责任呢？如今，我确信那既不是因为疏忽大意也不是因为丢三落四，而是在离开的时候我故意留着一盏灯。也许是出于迷信，为了祛除厄运，尤其是为了留下我们的一丝行迹，一个说明我们并没有真的消逝、迟早有那么一天我们会回来的信号。

"他们统统在大堂里。"她凑到我的耳边低声说道。在我们到达酒店附近时，她决定走在我前面，透过玻璃窗观察大堂是不是空的，过道是不是畅通无阻。她不希望那个布提包把他们的注意力吸引到我们身上。我也一样，布提包使我很尴尬，仿佛它是我们刚刚所做坏事的罪证，而这种尴尬，如今让我觉得很惊讶。为什么总是那么顾虑重重，总有那种无休无止的犯罪感？到底犯了哪门子罪？我也朝玻璃窗后面瞥了一眼。他们坐在大堂的扶手椅里，阿加穆里坐在马西亚诺那张扶手椅的扶手上，其他人，保尔·夏斯达尼埃、杜威尔兹和那个被他们简称为"乔治"的人各坐着一张扶手椅，那都是些镶着棕色皮革的旧扶手椅。他们就好像在主持军事法庭。对呀，犯了哪门子罪呢？我在心里问自己。再说了，也不应该是这一类的人来给我们上道德课，他们不配。我挽着丹妮的胳膊，把她拉进酒店大门。第一个看见我们的是"乔治"，此人的脸与矮壮的身材很不对称：月亮一样圆滚滚的大脸盘，迷惘的目光，但你很快就会发现他的脸跟他的身材一样粗暴。当他握住你的手的时候，你会突然感觉到一股寒意，仿佛他把人们所说的那种冰流输送到了你的身上。我们俩迎着他们走过去，我听见保尔·夏斯达尼埃那富有金属质感的声音：

"嘿，你们去逛集市啦？"

"是的……是的……我们去逛集市了。"丹妮用非常温柔的语调回答。她可能想给自己壮胆。她的沉着冷静让我吃惊，先前我们接近酒店的时候，她还是那么战战兢兢的。那个名叫"乔治"的人打量着我们俩，他那月亮似的没有血色的圆脸盘非常苍白，苍白得像是化过妆。他扬起了眉毛，那表情里透出好奇和不信任，我发现他每次面对什么人的时候都是这种表情。也许，丹妮害怕的人，就是他。我第一次在酒店大堂与他迎面相遇的时候，她向我介绍说："乔治。"他一声不吭，只是扬了扬眉毛。乔治：这个名字的音色突然有了某种令人不安的沉郁的东西，与他的面孔很相称。那次我们从酒店里出来时，丹妮对我说过："那家伙好像是个危险人物。"但她没跟我说明原因。她真的了解他吗？据她说，这个人，是阿加穆里在摩洛哥认识的。她微微一笑，耸耸肩膀说："噢，你知道，最好不要把自己卷进去……"

"和我们一起喝一杯吗？"保尔·夏斯达尼埃建议道。

"时候不早了。"丹妮说道，声音依然那么温柔。

阿加穆里一直没有离开杰拉尔·马西亚诺所坐的那张扶手椅的扶手，他直视着我们，她和我，用的是讶异的目光。我好像觉得他脸色煞白。

"很遗憾不能加入到我们中间。你们本来可以给我们说说在市场上买了什么好东西。"

这一次，保尔·夏斯达尼埃是在跟我说话。很显然，这个布提包激起了他的好奇。

"您能帮我把那个送到我房间吗？"她朝我转过身来，指着那个提包，突然用"您"来称呼我。她好像是故意把他们的目光吸引到这只布提包上，也有可能是想嘲弄他们所有的人。

我跟着她一直走到电梯那里，但她进了楼梯。她走在我前面。在他们已经看不见我们俩的二楼的楼梯平台上，她凑到我身边，对着我的耳朵说道：

"你最好还是离开这里。否则的话，阿加穆里会找我麻烦。"

我把她一直送到她房间的门前。她接过了那个布提包。仿佛他们有可能听见，她压低声音对我说：

"明天，中午，在'白猫'。"

那是地处敖德萨街的一家阴暗冷清的咖啡馆，咖啡馆有个后厅，夹在几个打台球的人中间，不会被人察觉。打台球的是一些戴着内河航运船员鸭舌帽的布列塔尼人。

在关上房门之前，她用更低的声音对我说：

"要是能去我跟你说过的那所乡间别墅就太好了。"

下楼的时候，我坐了电梯。我不想在楼梯间与他们中的任何一个人狭路相逢。尤其是阿加穆里。我怕他会刨根问底，责问我让我交代。我又一次显得缺乏自信，或者是那种胆怯。保尔·夏斯达尼埃也注意到了这一点，有一天我们一起在"后蒙帕纳斯"那些灰不溜秋的街道上漫步时，他曾这样说过：

"真奇怪……一个像您这样敏感而又有天赋的小伙子……您怎么总是如此低调？"

大堂里，他们依然坐在扶手椅上。很倒霉，我还得从他们面前经过才能走出酒店，而我一点也不想跟他们搭腔。阿加穆里抬起头，目光冷冷地盯着我，他平常的眼神可不是这样。也许他一直在留意电梯门，看我到底会不会在丹妮的房间里留宿。保尔·夏斯达尼埃、杜威尔兹和杰拉尔·马西亚诺全都朝"乔治"俯过身子，聚精会神地听他说话，就好像他正在给他们下达指示。我朝酒店大门溜过去，一副不想打搅他们的样子。我担心阿加穆里会追出来。可他没有追，他依然和其他人一起在那里坐着。这只是暂时搁一搁而已，我寻思。明天，他就会要我交代关于丹妮的事情，但我老早就觉得难以忍受了。我没有任何话要跟他说。没有任何话。而且我从来都不懂如何回答问题。

出到外面，我忍不住透过窗户端详着他们。今天，我一边写作，一边觉得自己仍然伫立在人行道上端详着他们，仿佛从未离开过那个位置。我徒劳地看着"乔治"，也就是她告诉我属"危险人物"的那一个。因为我再也没有那种忐忑不安的感觉，我在尤尼克酒店的大堂接近那些人时，时常会被这种感觉攥住。保尔·夏斯达尼埃、杜威尔兹和杰拉尔·马西亚诺朝"乔治"永远地俯过身子，他们仍在谋划阿加穆里所说的"坏事"。他们不会有好的结果，不是锒铛入狱，便是遭人暗算。坐在扶手椅扶手上的阿加穆里默然不语，用焦虑的眼神注视着他们。就是他跟我说的："您要小心啊。他们可能会把您拉下水。我建议您趁现在还来得及，与他们一刀两断。"那天晚上，他约我在桑西埃大学校门口见面。他坚称要我们给个"解释"。但我想过了，他意在吓唬我，好让我不再和丹妮见面。现在，他也在窗户后面，永远待在了那里，用焦虑的目光盯着正在低声密谋的另外几个人。轮到我了，我很想对他说："您要当心啊。"我嘛，我当时什么危险也没有了。但那个时候，我并没有清楚地意识到这一点。我花了好几年才弄了个明白。要是没记错的话，我当时还是隐隐约约预感到，他们当中永远也不会有人会将我"拉下水"。那个朗格勒，当他在杰斯福尔滨河路讯问我时，对我说过："你真的交往了一些奇奇怪怪的人。"他错了。所有这些与我擦肩而过的人，我都是远远地看着他们。我不知道那天晚上自己到底在酒店的玻璃窗前待了多长时间观察他们。有一刻，阿加穆里站起来，走到玻璃窗前。他马上就要发现我正站在人行道上观察他们。我的脚步一毫米也没有移动。要是他走出来，跑到我身边，那会是多么糟糕的事情。可是他目光呆滞，没有看见我。那个名叫"乔治"——好像是最危险的人——也站起来，步履沉重地走到阿加穆里身边。他们俩在窗户后面与我只有几厘米远的距离，那个长着月亮型圆滚滚脸盘、目光冷冽的人也没有看见。也许那块玻璃从里面看是不透明的乳浊玻璃，如同那种没有锡汞齐的镜子。抑或只是，我们之间相隔了数十年，他们凝结在过去，在酒店的大堂里，他们和我，我们并非生活在同一个时代。

在这个黑色记事本上，我记录的约会屈指可数。每一次，我都担心要是提前记下我们碰面的日子和时间的话，那人就不会赴约了。对将来才发生的事情还是不要太当真。就像保尔·夏斯达尼埃说的，我行事"低调"。我感觉自己过的是一种地下工作者的生活，而要过这种生活的人，就要避免留下行迹，避免把时间表白纸黑字明白无误地写下来。话虽如此，我还是在记事本中的一页纸中间看到了这样一条记录："星期二。阿加穆里。十九点钟。桑西埃。"我压根儿没把这次约会放在心上，所以用黑墨水把它一字不差地写在白纸上对我并无妨碍。

那应该是我拎着那个布提包，和丹妮晚归尤尼克酒店两三天之后的事情。我在奥德街 28 号收到阿加穆里寄来的一封信时很吃惊，我在那里租了一个房间，但他怎么会知道我的地址？从丹妮那里要到的吗？我带她去过几次奥德街，但好像是很久之后的事情。我的记忆都扭结到了一块。阿加穆里在信中写道："这次约会不要跟任何人提及。尤其是不要告诉丹妮。希望就我们俩私下里知道。您会明白的。"这句"您会明白的"叫我心里七上八下的。

天已经黑了。我一边在大学新大楼前面的空地上徘徊，一边等他出现。那天晚上，我身上带着那个黑色记事本，为了打发时间，我把空地边上那些快要拆毁的几所房子和仓库上的文字都记录在本子上。我现在还可以看到那些记录：

索麦兄弟公司——毛皮和皮革

布鲁梅（B.）父子公司——毛皮和皮革代理商

博让西制革厂

A.马丁公司——未加工的皮革

巴黎皮革批发市场盐渍车间

我记着这些名字的时候，不舒服的感觉越来越强烈。我觉得自己写下的文字就可以证明这一点，这些字写得急促，不连贯，到最后几乎辨认不出来了。我用铅笔，用更遒劲的笔触添加了一行文字：

百女医院

想知道在时间的长河中曾经一层又一层地占据巴黎某个地方的一切建筑物，这是个怪癖。这一次，我好像闻到了未加工的皮革那种令人恶心的气味。我想起很小的时候看过一部让我刻骨铭心的纪录片的片名：《畜生的血》。人们在沃吉拉尔，在维莱特屠宰动物，然后把它们的毛皮一直运到这里来进行交易。千千万万的无名动物。而所有那一切现在只剩下一片空地，残垣断壁上还留着一些吸血鬼和刽子手的名字，但也长久不了。那天晚上，我把它们记在我的记事本上。有什么用呢？我更愿意知道皮革批发市场建立更久之前在这片空地上延伸的医院里那一百名女子的名字。

　　"看您的脸色煞白……哪里不舒服吗？"

　　阿加穆里站在我面前。我没看见他从学院大楼里走出来。他穿着米色大衣，手上拎着一个黑色公文包。我还没从刚才所做的笔记中回过神来。他嘴角露出一丝尴尬的微笑，问我：

　　"您不至于认不出我吧？"

　　我准备把刚刚记下的那些名字拿给他看，但那个时候，我经常有这种感觉，要是人们知道你独自窝在一个角落里写东西，他们是不会相信你的。他们可能会担心你准备从他们那里窃取什么，他们的话语，他们的生活片段。

"您听的课有意思吗？"

我本人从来没做过大学生，所以我想象着他端坐在一间教室里，就像在市镇小学都有的那种教室，打开课桌抽屉，拿出他的语法书和作文本，把蘸水钢笔的笔杆插进墨水瓶。

我们避开水洼从那片空地走过。他的米色大衣和黑色公文包更加深了我的看法：他不可能是大学生。那神气就好像要去日内瓦一家酒店大堂参加商务会谈。我以为我们会像平常一样一直走到蒙日广场的那家咖啡馆，但我们走的是反方向那条路，往植物园那个方向。

"我们一边散散步，一边安静地说说话，不耽误您吧？"

他的语气轻松友好，但我料想他心里有些忐忑不安，好像在寻找字眼，期待走到一个撞不到任何熟人的偏僻之处。正好，洗衣桶街在我们前面敞开，这条街一直到塞纳河都僻静无人。

"我想叫您提防着……"

他说这些话的时候语气严肃。然后，什么也没有。也许，话到嘴边，具体的细节他不敢往下说了。

"提防什么呢？"

我向他提问时态度粗暴。尽管我行事"低调"，——

正如保尔·夏斯达尼埃所言——但我从来都听不进别人的规劝。从来都听不进。而每一次他们都显得很吃惊和失望，因为他们说话时，我像个好学生或上进青年一样睁大眼睛，专心致志地聆听。我们沿着植物园旁边的矮楼往前走。依我看，动物园占了植物园的地盘。街上灯火阑珊，在半明半暗和无边寂静的深处，我们有可能听见猛兽的咆哮声。

"我本该早些告诉您的……我要说的是丹妮……"

我朝他转过身子，但他直挺挺地高昂着头。我寻思，他是不是想避开我的目光。

"我是在大学城认识丹妮的……她当时在找一个人，可以借她一个房间甚至一张学生证……"

他慢悠悠地说着话，仿佛想循序渐进地把一个极其错综复杂的主题尽可能地阐释得一清二楚。

"我总感觉是什么人叫她来见我的……否则，她可能绝对想不到来大学城……"

我也一样，我常常在想，一个像丹妮那样的女孩子怎么会知道这个大学城的存在。一天晚上，我陪她去邮局取邮件时，曾经问过她同样的问题。"你知道，"她对我说，"我来巴黎是为了求学。"好吧，那学什么呢？

"多亏摩洛哥留学生楼的一位朋友，我帮她弄了一张学生证和居住证……以他妻子的名义……"

可是为何以他妻子的名义呢？他停止往前走。

"她害怕用她本人的身份证……当我不得不离开大学城时，她也不想在那里待下去了。我在蒙帕纳斯的那家酒店把其他人介绍给她……我觉得，她能搞到假证件，全靠他们……"

他拉着我的胳膊，把我带到了另外那条人行道上。令我吃惊的是，他突然想横穿马路。我们在一栋小楼房前停了下来，也许他担心有人在其中的一扇窗户那里偷听他说话。到另一边，就没有任何危险了。我们沿着那个葡萄酒批发市场的栅栏往前走，市场笼罩在黑暗之中，比街上还要冷清寂静。

"那她为什么，"我问他，"为什么需要假证件呢？"

我感觉就像在梦中。那个时候我经常发生这种状况，尤其是在夜幕降临的时候。是因为疲劳吗？抑或是由于睡眠不足而产生的那种奇怪的既视感①？这种时候，过去、现在和将来，所有的一切都通过一种叠印现象，在你脑海里交错叠加在一起。时至今日，我依然觉得洗衣桶街是从巴黎分离出去的，是在外省的一个陌生城市，我也很难相

---

① 既视感，也译作"幻觉记忆"，是人类在现实环境中（相对于梦境），突然感到自己"曾于某处亲历过某画面或者经历一些事情"。

信那个曾经走在我身边的人真实存在过。我听见我说的那句话的遥远回声："为什么需要假证件呢？"

"可她的名字还是叫丹妮呀？"我用装出来的轻快语气问阿加穆里，因为我开始害怕他接下来将要向我披露的事情。

"是的，我相信……"他语气生硬地跟我说道，"在她的新身份证上，我不知道。这也无关紧要……但我在大学城里给她的那张学生证，用的是我妻子的名字……米雪儿·阿加穆里。"

我问了他一个问题，但刚问完就后悔了：

"那么您的妻子，她知道吗？"

"她不知道。"

他重新变成几分钟之前的样子，那样子我至今依然记忆犹新：一个忧心忡忡、时刻保持警惕的男子。

"别跟外人说，好吗？"

"您知道，"我对他说，"从我还是个孩子的时候起，我就学会了守口如瓶。"

我说这句话时的庄严语气让我自己听了都觉得很震惊。

"她做了一些性质很严重的事情，有人可能会向她追责，叫她交代。"他飞快地对我说道，"因为这个缘故，她想要新证件。"

"性质很严重的事情？"

"您去问她吧。问题是，要是您去问她，她就会知道是我说的……"

一扇大门半开着，那是葡萄酒批发市场的入口，阿加穆里在门口停了下来。

"我们可以从那里抄近路，"他对我说道，"我知道一家咖啡馆，在尤西额街。您还没走过吧？"

我跟在他后面进入大门，里面通向一个周围的建筑都被拆毁一半的大院子，就像从前的皮革交易市场一样。跟先前我站在那里等他的空地同样的昏暗……那边，一盏路灯的白色灯光照着那些依然完好无损的仓库，仓库的墙上写着的那些文字跟我先前在皮革批发市场的废墟堆那里看到的文字内容大同小异。

我转身问阿加穆里：

"您不介意吧？"

我从外套的口袋里掏出我的黑色记事本。那天晚上我一边和他一起往尤西额街走，一边匆匆记下的那些笔记，今天我又查看了一遍：

玛丽·布里扎尔和罗谢

标志美女小丘

阿尔及利亚美酒

罗瓦尔商铺

里波、马热朗和布龙德

烧酒大院。玫瑰园酒窖……

"您经常这么做吗？"阿加穆里问道。

他显得很失望，仿佛担心他想跟我推心置腹地说的那些话我并不是真的感兴趣，担心我还有其他正经事。可是，在这方面，我无能为力，那个时候我像现在一样对正在消逝的人和事情非常敏感。我们来到一座现代化建筑前，这栋建筑的大厅被灯光照亮，三角楣上刻着这样几个字：理学院。

我们从这所学院的大厅里穿过，然后又是一片空地，一直延伸到尤西额街。

"就在那里。"阿加穆里对我说道。

他一边说，一边把街道的另一边、路德斯剧院后面的一家咖啡馆指给我看。一些人云集在人行道上，等戏开场。

我们坐在一个角落里，靠近吧台。在我们对面，大厅的另一边，有一排桌子，一些人正在用晚餐。

现在轮到我采取主动、让他开口说话了。否则的话，他会后悔跟我说过的话太多。

"您刚才提到有什么事与丹妮有关而且性质很严重……我真希望您能跟我说明白些。"

他略略迟疑了片刻。

"她有可能摊上大事了，是法律层面的……"

他在寻找合适的词句，寻找一些也许比较精准、专业的词汇，一些律师或者警察使用的术语。

"眼下，她多多少少还是安全的……但是他们有可能会发现她被卷进了一桩龌龊的勾当……"

"您说的'龌龊的勾当'是什么意思?"

"这个您就要去问她本人了。"

我们之间出现了一阵沉默。甚至不安。我听见隔壁剧院的铃声，戏要开演了。我的上帝啊，我多么希望那天晚上和她一起端坐在那些观众中间，多么希望她没有被卷进那个"龌龊的勾当"啊……我不明白阿加穆里为何保持沉默，不跟我解释这桩"龌龊的勾当"到底指的是什么。

"我觉得您和丹妮走得很近……"我对他说道。他用局促不安的眼神盯着我。

"我看见您和她在一起，一天晚上，很晚的时候，在'66号'……"

他好像不知道什么是"66号"。我向他说明，那是圣米歇尔林荫大道地势最高处的一家咖啡馆，离卢森堡地铁站不远。

"那有可能……我们还住在大学城的时候，经常去那里……"

他朝我微笑着，仿佛想让接下去的谈话措辞显得无足轻重，但我希望他触及问题的要害。再说了，是他约我出来的。我身上还带着他写给我的那封信，信封上有我的名字和我在奥德街28号的地址。我把它夹在了我的黑色记事本里面。而且，我还一直保存着这封信，今天还重读过一遍，然后才把信上的文字一字不落地抄到了"清泉牌"信笺中的一页纸上，几天来我一直在用这种牌子的信笺写作。

"那您不觉得也许应该把这件事跟您妻子说一声吗，说丹妮有一张使用她的名字的学生证？……"

我感觉到他"崩溃"了，这个俚语在我看来从未如此恰如其分。如今一想到当时的情景，我甚至能看见在他脸上出现的崩溃后的裂痕。他是如此忧心忡忡，以至于我很想安慰他一番。不，所有这一切都没什么大不了的。

"要是您能帮我找回那张有我妻子名字的学生证，我就万事大吉了……"

他当然知道我不是个心术不正的坏小子。而且，有那么两三次，在傍晚下课的时候，我去桑西埃学院找他，我们谈论的话题都围绕着文学。他对波德莱尔有着比较深入的了解，甚至要叫我把我所记录的一些关于让娜·杜瓦尔的笔记读给他听。

"反正嘛，"他对我说道，"其他人给她搞到了假身份证，她也不需要那张学生证了……但您千万不要告诉她是我跟您说的……"

见他如此心神不宁，我决定帮他这个忙，却不是很清楚该如何去帮。要去丹妮的手包里搜寻，我是颇有些顾忌的。刚开始，我陪她去邮局取邮件的时候，她递给营业窗口后面那位工作人员的是一种身份证件。那个证件上的名字是米雪儿·阿加穆里吗？是尤尼克酒店里的那一小撮人给她弄到的假证件上面使用的名字吗？他们中间，确切说来，是谁帮了她这个忙？保尔·夏斯达尼埃，杜威尔兹，还是杰拉尔·马西亚诺？我嘛，倾向于认为是那个"乔治"，此人长着月亮似的没有血色的圆脸盘，身上有"冰流"，年龄比其他几个都大，让他们心生畏惧。当我向保尔·夏斯达尼埃打探此人时，他回答说："您知道，他已经不是三岁毛孩了……"

"好像您和您妻子在无线广播电台那边有间寓所……"

我原以为他会觉得我很冒失。没那回事。他朝我微微一笑，我感觉跟他谈这个话题让他放松了。

"是的……一个很小的套间……我和我妻子会很乐意邀请您去那里做客……但前提是您把我和丹妮、尤尼克酒店以及其他人经常来往的事情忘掉，当我们去那里时……"

他说到"那里"就像在说一个遥远的中立国家的名字，在那里能够避开危险。

"其实，"我对他说道，"只需过了塞纳河，就可以把那些被自己甩在身后的东西忘得一干二净。"

"您真的这么认为？"

我很清楚他在寻求安慰。我觉得他对我充满信心……每一次我们单独在一起，或者从蒙日广场走到蒙帕纳斯的时候，我们都谈论文学。这一点，跟其他人，跟尤尼克酒店的那些人，他是不可能做到的。我很难想象保尔·夏斯达尼埃或者杜威尔兹或者"乔治"会对让娜·杜瓦尔的命运感兴趣。或许杰拉尔·马西亚诺可以？有一天，他跟我说他想投身绘画，说他知道有一家"艺术吧"，位于德朗布尔街：玫瑰花蕾。许多年之后，在那个朗格勒转交给我的案卷中，有一张涉及马西亚诺的警察登记卡片，上面有正面和侧面两张照片，在他经常光顾的场所当中，就提到了"玫瑰花蕾"。

他朝我抬起头。

"很可惜，我并不认为只要过了塞纳河就可以……"

他的嘴角再次浮现出那种腼腆的微笑，很有可能稍纵即逝。

"不只是丹妮……我也一样，让，我也掉进了一个美丽的和面缸难以自拔……"

他这是第一次直呼我的名字，让我觉得很亲切。我一言不发，任由他说话。我担心自己说出单单一个字都会打断他好不容易透露那一点点隐情。

"我害怕回摩洛哥……在那里跟在巴黎可能是一码事……一旦你不慎陷入某个泥潭之中，想脱身就太难了……"

他说的是什么样的泥潭呢？我用尽可能最温柔的声音，差不多跟耳语一样的声音，问了他一个问题，碰碰运气：

"您住在大学城的时候，没觉得那里很安全吗？"

他皱了一下眉头，样子很认真。他在桑西埃大学上课的时候可能经常露出这种神情，为了让自己消除疑虑，同时说服自己不只是一个普普通通的大学生。

"您知道，让，有一种诡异的氛围在那里，在大学城，摩洛哥留学生楼里弥漫……隔三差五就有警察来检查……

他们想用政治的观点来监视住在里面的人。有一些大学生反对摩洛哥政府……摩洛哥请求法国监视他们的一举一动……就这些……"

把所有这一切都和盘托出之后,他好像放松了许多。甚至有些喘不过气来。好啦,在这一段开场白之后,肯定更容易触及问题的核心。

"大体上,不管您相不相信,我的处境非常微妙……我被夹在两个中间……两边的人我都交往……有人可能会说我扮演的是两面派的角色……但实际情况要复杂得多……其实,一个人永远也扮演不了两面派的角色……"

他一定说的是大实话,因为他在跟我说这番心里话时语气是如此严肃……很奇怪,这句话留在了我的记忆当中。过后的那些岁月,当我独自漫步街头,在我喜欢的夜晚,在城西的一些街区——一天傍晚恰巧在无线电广播大楼附近——我经常听见阿加穆里的声音远远地传过来,对我说:"其实,一个人永远也扮不了两面派的角色。"

"我警惕性不高……听任自己往一个泥潭里陷……您知道,让,一些经常去尤尼克酒店的人跟摩洛哥的关系非常密切……"

时间一分一秒地流逝,咖啡馆里的喧哗声也越来越大,在我们前面的餐桌边,吃晚饭的人也更多了。阿加穆里说话声音很低，他所说的话我听不完全。是的，尤尼克酒店是一些摩洛哥人和一些与他们"做交易"的法国人的落脚点……可那是什么样的"交易"呢？那个长着月亮似的没有血色的圆脸盘、保尔·夏斯达尼埃明确地告诉我那不是个"三岁毛孩"的"乔治"本人在摩洛哥就有一家酒店……保尔·夏斯达尼埃在卡萨布兰卡住过很长时间……马西亚诺就是在那边出生的……还有他，阿加穆里，他夹在这些人中间，只因为一个在大学城学习的摩洛哥朋友，但这位朋友实际上在使馆有个职位，一个"安全"顾问的职位……

他越说越快，在细节的洪流中很难跟上他的思路。也许他想甩掉一个包袱，或者一个独自担当了太长时间的秘密。他突然对我说：

"请原谅……所有这一切，您一定觉得缺乏条理……"

没那回事。我有倾听别人说话的习惯。甚至，在我一点也听不懂他们所说的事情的时候，我也会把眼睛睁得大大的，用犀利的目光紧盯着他们，这让他们产生一种幻觉，觉得坐在他们对面的是一个特别专心致志的交谈者。我在想别的事情，但我的目光一直盯着他们，看上去就是在全神贯注地听他们说话。对阿加穆里而言，就不一样。他属于丹妮身边的人，所以我试着去理解他。而且我也希望他在无意之中脱口说出关于那件"龌龊的勾当"的只言片语，他先前告诉过我，她被"卷"了进去。

"您运气好……您不必像我们这样把手伸进污油中……您的手是干净的……"

从最后几个字中听得出，他的话里有一丝责备。他所说的"我们"指的是谁呢？他和丹妮吗？我看了一下他的手。那是一双纤细的手，比我的手要细得多。而且很白皙。丹妮的手也与众不同，曾让我大吃一惊。她的手腕儿特别纤细优美。

"可是，要小心，不要与坏人交往……我们徒劳地相信自己刀枪不入，可再怎么强大的人也有自己的软肋……总有……让，您要留个心眼……"

他好像很嫉妒我仍然有一双"干净的手"，期待着我把手弄脏时刻的到来。他的声音变得越来越遥远。就在我写下这几行字的时刻，那个声音跟夜深人静时你在收音机里听到的、被无线电噪声干扰的声音一样微弱。我相信我当时就有这种感觉。我觉得那个时候我看见他们所有的人，就好像他们是在一个水族馆的玻璃墙后面，那块玻璃把我们分隔开来，把他们和我。于是，在梦中，你注视着他们生活在现时的不确定当中，而你已经知道未来要发生的事情。所以，你试图说服杜巴利夫人 ① 不要回法国，免得被人送上断头台处决。这天晚上，我对自己说我要坐地铁去尤西额。车站一个接一个地在眼前展现的同时，我也在沿着时间的长河溯流而上。我将重新找到坐在吧台前同一张桌子边的阿加穆里，他穿着米色大衣，黑色公文包平放在桌子上。我曾经想过这个黑色公文包里边装着桑西埃大学的讲义，这些讲义我觉得可以让他通过"预科"考试。假如他从里面拿出好几沓钞票、一支枪或者一些情报卡片，我不会大惊小怪，那些情报卡片他必须传递给大学城的那个摩洛哥朋友，他跟我说起过那个朋友，此人在大使馆拥有一个"顾问"的职位……我会把他一直带到尤西额地铁站，我们会在时间的长河里逆行。在地铁线的尽头，我们将在奥特伊教堂站下车。一个静谧的下午，一个平静的广场，像是在乡间。我会对他说："到了。您是在今天的巴黎。您什么也不用害怕。那些想加害您的人全都死了很久了。您到了一个子弹打不到您的地方。再也没有电话亭了。想跟我联系的话，无论是在白天或者晚上的任何时候，您都可以使用这个东西。"我会把一部手机递给他。

---

① 杜巴利伯爵夫人（1743—1793），法王路易十五的情妇。

"是的……您要留个心眼，让……您在尤尼克酒店的时候，我好几次见您在跟保尔·夏斯达尼埃谈话……他也会让您卷进一桩龌龊的勾当之中……"

时候不早了，看戏的观众纷纷走出路德斯剧院。坐在我们对面的那些餐桌边用晚餐的人全都走光了。阿加穆里显得比我们刚开始见面时还要焦虑。我感觉他害怕从那里走出去，也许他想一直在那里待着，直到咖啡馆打烊。

先前的那个问题我又问了一遍：

"那么丹妮呢？……您真的认为您先前提到的那个'龌龊的勾当'……"

他没等我把句子说完。他用生硬的语气，对我说：

"那会让她付出高昂的代价……即使用的是那些伪造的证件，他们也有可能找到她……是我的错，我把她带到尤尼克酒店并把其他人介绍给她……但当时我只是为了让她暂时缓解一下……她本该在当时就离开巴黎的……"

他忘记了我的存在。晚间的这个时刻，当他独自一人的时候，他有可能经常重复同样的话语。然后，他摇了摇头，仿佛从噩梦中走出来。

"我先前跟您说到保尔·夏斯达尼埃……但最危险的毕竟是'乔治'……给丹妮搞到假证件的人就是他。他在摩洛哥有巨额援助，和使馆的那个朋友也往来密切……他们要我给他们提供服务……"

他已经完全准备好，马上就要把所有的事情和盘托出，但他及时打住了。

"我不明白一个像您这样的小伙子会跟那帮人鬼混在一起……我呢，我是别无选择。可您呢？"

我耸了耸肩。

"您知道，"我对他说道，"我不跟任何人鬼混在一起。大多数人对我来说都不足挂齿。例外的只有：雷蒂夫·德·拉布勒托纳，特里斯丹·科比埃尔，让娜·杜瓦尔和另外几个人。"

"这么说来，您真的很幸运……"

然后，他就像一个想逼你交代、假装与你串通一气的警察一样，补充道：

"说到底，所有这一切，丹妮是祸根，嗯？如果要我给您一个建议，您必须跟这个女孩子一刀两断……"

"我从来都听不进别人的建议。"

我极力地朝他挤出一丝微笑，一丝单纯的微笑。

"您还是不要掉以轻心……丹妮和我，我们有点像那些得了鼠疫的人……跟我们混在一起，您很有可能会染上这种恶疾……"

总而言之，他想明白无误地告诉我，他们俩之间有着密切的联系，有某些共同之处，有某种同谋关系。

"您对我不必过于担心。"我对他说道。

我们从咖啡馆里走出来的时候，接近子夜时分。他那穿着米色大衣的身子挺得笔直，手里拎着那只黑色公文包。

"请原谅……今天晚上我有些不冷静……您别介意我跟您说过的那些事……一定是因为考试引起的。我睡眠很差……过几天我要考口试……"

他重新找回了一个大学生的全部的庄重和严肃。

"我的口试比笔试要差一大截。"

他强作微笑。我提出送他一程，把他一直送到尤西额地铁站。

"真的很蠢……我都没想到应该请您吃晚餐。"

他跟先前那个阿加穆里判若两人。他已经完完全全恢复了冷静。

我们迈着平静的步子穿过广场。在最后一班地铁到来之前，我们还有时间。

"我跟您说过的关于丹妮的那些话，您不必放在心上……实际情况没那么严重……只是，当一个人喜欢某人时，心里总是放不下与其相关的事情，总会操些无用心……"

他在说这些话时没有半点含糊，每一个字眼都非常突出。我忽然想到了一个说法：他在顾左右而言他，想蒙我罢了。

　　他准备下地铁口的台阶。我忍不住问他：

　　"您是去尤尼克酒店过夜吗？"

　　他没料到我会问这种问题。他犹豫了片刻：

　　"不会吧……反正，我要回大学城里的房间……那毕竟是个更让人惬意的地方……"

　　他握了一下我的手。他急着从我这里脱身，因为他下楼梯的速度非常快。在一头扎进地铁过道之前，他回过头来，仿佛害怕我会对他紧追不放。我也试图那么做。我想象着我们一起紧挨着坐在站台一张紫酱色的长椅上，等待着因为时间太晚而迟迟不来的列车。他跟我撒谎了，他没去大学城，否则的话他应该坐去往意大利门的那条线。他回尤尼克酒店了。他会在杜洛克车站下车。我又一次想知道到底是什么样的"龌龊的勾当"让丹妮误入歧途。可他没有回答我。在那里，在那张长椅上，他甚至装作不认识我。他走进地铁车厢，车厢门在他身后重新合上，他把脑门贴在车窗玻璃上，用无神的目光注视着我。

那天夜里，我徒步返回我在奥德街租住的那个房间。好在走了那么漫长的一段路程，我可以一边走路，一边沉思。丹妮去我房间与我相聚时，常常是在接近凌晨一点钟光景。有几次，她对我说："我去看我哥哥了。"或者："我去了拉内拉赫女友家。"但不会向我透露更多的细节。照我的理解，那位哥哥——她时不时地叫他"皮埃尔"——并不在巴黎常住，但会经常过来。而那位"拉内拉赫女友"之所以有这么个称呼，是因为该女友的住所位于拉内拉赫公园附近。她从未提过要带我去见她哥哥，但她对我说会找个机会让我认识她那位"拉内拉赫女友"。日子一天天地过去，但她并没有兑现诺言。

　　也许阿加穆里没跟我撒谎，也许在我走向奥德街的途中，他已经回到了大学城的房间。可丹妮呢？我依然能听见阿加穆里的声音，仿佛越来越微弱的回声："她做了一些性质非常严重的事情……她可能摊上大事了……"我担心那天夜里等了也是白等。反正，我常常在深更半夜翘首等她，从来都不能确定她会不会来。要不，她在凌晨四点钟的时候出其不意突然驾到。我已经进入轻度睡眠状态，钥匙在锁孔里转动的声音把我惊醒，吓了我一大跳。我在那个街区等她时，总觉得长夜漫漫，但我并不觉得有什么不正常。我可怜那些人，他们必须在备忘录上记下不计其数的约会，而其中的一些约会要提前两个月预备。所有的一切都为他们预先安排妥当，他们无须等候任何人，永远都不用等。他们可能永远都不知道时间在急速地跳荡，在膨胀，然后重新平静下来，渐渐地让你产生休闲和无限的感觉，这种感觉别人都去毒品中寻觅，而我在等待中便能找到。其实，我还是蛮有把握，知道你早晚会来到我身边。快到晚上八点钟的时候，我听见我的女邻居关门，和她在楼梯间渐行渐降的脚步声。她住在我上面那一层楼。在她的门上，有一块白色的小纸板，纸板上用红墨水写着她的名字：吉姆。她的年龄跟我们不相上下。她在一部舞台剧中演一个角色，跟我说总担心去晚了，生怕戏开演了才赶到。她送了一些票给我们，给我和丹妮，我们也去林荫大道上的一家如今已经不存在的戏院看过她演戏。一辆出租车每天——星期一除外——晚上八点钟准时在奥德街28号门口等她，星期天则定在下午两点钟。透过窗户，我看见她穿着一件羊皮里上衣，钻进出租车，咣的一声关上车门。那是在一月份，之前的天气一直非常冷，而后街上被皑皑白雪覆盖，好些日子，我们仿佛远离巴黎，置身于一座小山村。我已经想不起那出戏的名字，也想不起剧情了。幕间休息之后，轮到她登台了。我在黑色记事本上记下了她说过的一句台词，还有确切的时间：二十一点四十五分接的是这句台词。要是当时有人问我缘由，我并不认为自己能够明确地答出一个所以然。可今天，我明白了：我需要时间坐标，地铁站名，楼房的号码，狗的系谱，仿佛我担心那些人和事物眨眼之间就会躲开或者消失，起码应该保留一个他们存在过的证据。

每天晚上，我都知道，在二十一点四十五分前后，她会站在舞台上，面对观众说：

"在她的生命中，我们将是多么的微不足道……"

在半个世纪——甚或一个世纪，我已经不会计算年份了——之后的今天，当写下这个句子的时候，忽然间我忘记了那种空虚的感觉。在晚上八点钟等着的出租车，戏开演了才赶到剧院的焦虑，因为在冬天并且下雪所以才穿着的羊皮里上衣，已经不再使用的寻常手势，将永远也不会再有人看到的剧目，消逝了的欢笑声和掌声，已经被人拆毁了的剧院……"在她的生命中，我们将是多么的微不足道……"暂停演出的星期一晚上，她房间的窗户透出灯光，这灯光也令我犹如吃了一颗定心丸。别的夜晚，只剩下我茕茕孑立，独自待在这栋小楼里。时不时地，我觉得自己丧失了记忆，自己到底在那里做什么心里也不是很明白。直到丹妮回来。

我和她一起漫步在我孩提时代住过的街区，平日里我每每绕开那里，因为它会勾起我痛苦的回忆，而且也让我觉得完全陌生和了无兴趣，因为它如今再也不是从前的样子了。我们过了圣日耳曼王家酒店，来到塔拉纳酒店门前。我看见我心仪的那位作家从酒店里走出来，他的一首诗作的名字就叫《丹妮》。我们背后，有一个男子的声音在叫唤："雅克！……"他随即转过身去。他朝我投来讶异的目光，因为他以为是我在叫他，而且直呼其名。我好想利用这个千载难逢的机会，朝他走过去，握住他的手。我本来可以向他讨教，他的那首诗为何叫《丹妮》，是不是他也认识一个叫这名字的女孩。可我不敢。有个人朝他走过去，又叫了一声"雅克……"这时他才明白自己误会了。我甚至觉得他朝我笑了一下。那两个人，在我们前面，沿着林荫大道朝塞纳河方向走去。

　　"你也许应该走过去向他问个好。"丹妮对我说道。她甚至提出要代我过去与他接近，但我把她拉住了。再说为时已晚，他们从左边进入拉斯巴依林荫大道，然后便消失不见了。我们往回走，又一次来到了塔拉纳酒店的门口。

"你为什么不给他留封信，约他见个面？"丹妮问我。

写信就算了。下一次我要是再碰到他，我会克服自己的腼腆，走上前去和他握手。可惜的是，我再也没有遇见过他，几十年后，我从他的一位朋友那里得知，如果你跟他握手，他会一直神情倦怠地注视着你，然后问你："五个手指都还在吧？"是的，有时生活百无聊赖、千篇一律，就像今天，为了找到逃逸线并从时间长河的缺口逃离，我写下这一页页文字。我们俩在出租汽车上下客站和塔拉纳酒店之间那块土台的长椅上坐了下来。我一定也知道，翌年，在我们身后的那条人行道上，发生了一桩凶杀案。有人把一位摩洛哥政治家押上汽车——自称是警察的车，但那实际上是一起绑架案，然后才发生了凶杀案。报纸上提到"乔治"，也就是经常站在尤尼克酒店大堂里的那个人的名字，把他视为这起凶杀案的元凶之一。每次我都预计会在报纸上看到保尔·夏斯达尼埃、杜威尔兹、杰拉尔·马西亚诺以及阿加穆里的名字，我很愿意听一下阿加穆里谈谈他对这件事情的看法。但我很害怕，我记得那天晚上在路德斯剧院边上的咖啡馆里，他跟我说过的那句话："我们都是得了鼠疫的人。跟我们混在一起，您很有可能会染上这种恶疾……"一天下午，我走进远在西城区，在奥特伊那边的一个电话亭。如此遥远的距离让我稍稍放心一些。我好像觉得尤尼克酒店坐落在另一座城市。我拨通了大学城摩洛哥留学生楼的电话号码，我和丹妮第一次跟他见面时，他留给我的那个号码，我把它记在了我那个黑色记事本上：POR 58.17。他不大可能还在那里占着一个房间。我听见自己用由于害怕而失真的声音问：

"请问能不能帮我叫一下加里·阿加穆里接电话？"

电话里出现了一阵静默。我差点挂断电话。可我忽然间感到一阵晕头转向，就像一个可以隐匿起来但突然又想铤而走险的人一样。

"您是谁？"

那人问这个问题的时候语气生硬，俨然巴黎警察局的一名警探。

"他的一个朋友。"

"我问的是您的名字，先生。"

我晕乎乎的，快扛不住了：准备把我的名字、姓氏、地址全都和盘托出。但我在千钧一发之际挽救了危局。

"特里斯丹·科比埃尔。"

一阵沉默。他一定在做记录。

"您为什么要跟加里·阿加穆里说话？"

"因为我想跟他说话。"

我的声音也变得生硬起来，比他还要生硬。

"加里·阿加穆里不住摩洛哥留学生楼了。您听清楚了吗，先生？您听清楚了吗？"

这一次轮到我保持沉默了。我感觉到电话线另一头跟我对答的那个人的局促不安，甚至还有我的沉默带给他的焦虑。我挂断了电话。后来，我常去圣日耳曼王家酒店和塔拉纳酒店前面的人行道，但两家酒店都不在了，仿佛有人想把犯罪现场处理干净，好让人忘记那起命案。上周，我甚至发现他们把出租汽车上下客站前面的长椅也移走了，那天晚上，丹妮和我，我们坐的便是那张长椅。

"真蠢……刚才，我本来可以走到他身边并告诉他我名叫丹妮……就像他的诗……"

她哈哈大笑起来。是的，那名男子，从我以前读过的他的作品，以及他那温厚老实的神情来判断，对我们肯定会很亲切，会很乐意跟我们在一起度过一些时光。我一个人独自漫步街头的时候，有时会吟诵他创作的一些诗作：

如果我死了，让我的亡妻

前往毗邻西特龙的雅威尔……①

圣克里斯朵夫-德-雅威尔。我们刚从这个街区回来，像往时一样，我陪丹妮去该区的邮局取信。一路上，我想把阿加穆里跟我讲过的事情通通告诉她，他影射的那起与她相关的"龌龊的勾当"，但我一直在斟酌该用什么样的字眼，更确切地说该采用什么样的语气，一种轻松的几乎是开玩笑式的语气，好让她免受惊吓……我怕她闹脾气——就像某个帮派当中的人常说的那样，也许就是尤尼克酒店里的那个帮派——也怕我们两人之间会闹出不愉快。

我们准备进入莱纳街，并循着这条街直达蒙帕纳斯。但在这条消失在地平线——蒙帕纳斯摩天大楼还没有用它那黑魆魆的一长条②让这条街道沉浸在哀伤之中——的凄清笔直的大街入口，我要打退堂鼓了。我问她是不是真的打算回尤尼克酒店。

"我必须去见阿加穆里，"她对我说道，"要他把证件

---

① 曾于1964年荣获法国国家文学大奖的法国作家、诗人雅克·奥迪贝尔狄（1899—1965）的诗句。

② 蒙帕纳斯大楼是巴黎市区唯一一幢办公摩天大楼，呈长条状，曾被评为全世界最丑的建筑之一。

给我。"

到把事情挑明的时候了。我还是犹豫了一会儿。然后，我问道：

"什么样的证件啊？是用米雪儿·阿加穆里做名字的证件吗？"

她看着我，呆若木鸡，站在人行道上一动不动，那个位置旁边现在是"一价"超市的入口，当时却是一个荒弃的花园，数十只流浪猫的栖身之地。

"是他跟你说的？"

"是的。"

她铁青着脸，我想到了阿加穆里。倘若他此时此刻站在她面前，她十有八九会朝他大发雷霆。然后，她耸了耸肩，用冷若冰霜的语气说道：

"这件事看上去很蹊跷，但完全合乎情理……米雪儿把她的学生证借给了我……我把自己所有的证件都弄丢了，要弄到出生证，需要办理一大堆庞杂繁琐的手续……我出生于卡萨布兰卡……"

这难不成是巧合？她跟摩洛哥也有关系。

"他还跟我说，有人已经给你弄到了假证件。"

我说的是"有人"，因为我不知道那个长着月亮似的没有血色的圆脸盘、别人叫他"乔治"的人的真名实姓，更不知道那是他的名字、化名，还是姓氏。

"哪会呢，压根儿就不是假证件……你说的是罗夏尔吧？就是那个经常待在酒店大堂里的那个男子。"

"他们都叫他'乔治'的那个。"

"是同一个人，"她对我说道，"罗夏尔……他经常去摩洛哥……他在卡萨布兰卡有一家酒店……而，因为我是在那里出生的，他可以帮我办到临时证件……一边等着办正式的……"

我们没有进入莱纳街。也许要循着这条死气沉沉的宽阔街道走向蒙帕纳斯，回到尤尼克酒店，她想想都觉得有些恐惧。我们朝塞纳河方向走去。

"阿加穆里告诉我，你需要假证件，因为你被卷进一桩'龌龊的勾当'……"

我们走到了美术学院旁边。一群大学生正聚集在人行道上。他们在庆祝什么事情。一些学生手上抱着乐器，其他人则身着各式各样的装束：火枪手，苦役犯，或者仅仅光着上半身，皮肤上用画笔涂着不同颜色的颜料，恰似印第安人。

"他跟你说我'被卷进一桩龌龊的勾当'？"

她直视着我，眉头紧皱。她好像有些摸不着头脑。其他人，在我们周围，尖叫着，开始演奏乐器。我后悔说过的那些字眼：假证件，龌龊的勾当。可以说，我们本来可以像这些挡住我们去路的热情奔放的大学生一样……他们邀请我们去跳舞，去当天晚上的"四艺"舞会①。我们费了很大的劲才挤出他们的重重包围，他们的喧闹和音乐总算在我们身后消失得无影无踪。

"阿加穆里甚至叫我把他给你的那个以他妻子名义办理的学生证拿回去还他……"

她哈哈大笑起来，我不知道这笑是发自内心，还是强颜欢笑。

"而且，他还跟你说我被卷进一桩'龌龊的勾当'？你觉得这一切可信吗，让？"

我们顺着滨河路往前走，我们是在那里而不是在暗无天日、令人窒息的莱纳街，让我舒了一口气。至少，这里很空旷，我可以呼吸。而且车流很少。静谧。我们能听见自己的脚步声。

"他血口喷人……被卷进一桩龌龊的勾当的人是他自己……他没跟你说过吗？"

---

① "四艺"舞会，巴黎久负盛名的年度舞会，由巴黎国立美术学院建筑、绘画、雕塑和雕刻四类艺术专业的学生组织，1892 年首次举办，最后一次是在 1966 年。

"没有。"

所有的这些事都无足挂齿。唯一重要的事情是，我们正顺着塞纳河的沿河马路往前走，无需任何人的许可，身后也没有留下任何拖累。我们甚至可以穿过塞纳河，消逝在别的街区，甚至离开巴黎去别的城市，过上另一种生活。

"他们利用他把一个常来巴黎的摩洛哥人拉下水……他不是很赞同他们的做法，但他不慎陷入泥潭难以自拔……他们叫他做什么他都只有言听计从的份……"我几乎听不清她所说的话。我只需和她一块顺着沿河马路往前走，只需听见她说话的声音。我对尤尼克酒店里的那些无足挂齿的人并没有多大兴趣：夏斯达尼埃，马西亚诺，杜威尔兹，那个别人叫他"乔治"但实际上名叫罗夏尔的人。现在我费力地重复着这些人的名字，就为了不让它们从我的记忆中完全消失。

"那你呢？"我问她，"所有那些人，你是迫于压力才与他们交往吗？"

"哪会呢……是阿加穆里把他们介绍给我的。我跟他们没有任何关系。"

"跟罗夏尔也没有关系吗？"

我费了点劲才把这个问题跟她提了出来。我对那个被人叫做"乔治"的人，就像对其他人一样，一点兴趣也没有。

"我只是找他帮了个小忙……仅此而已……"

"那你的假证件上用的都是丹妮这个名字吗？"

"你就别取笑我了，让……"

她挽住我的胳膊，我们一起穿越王家桥①。不知何故，当从这座桥上穿越塞纳河去往右岸的时候，我总有一种轻松自如、如释重负的感觉。

在桥的中央，她停了下来。她对我说道：

"假证件还是真证件，对我们俩而言，真的很重要吗？"

不。一点也不重要。那个时候，我对自己的身份并不确定，她为什么就必须做得比我好？纵然到了今天，我仍然在怀疑自己的出生证明是不是真的，而且我会一直等到最后，等着别人把那张遗失的，写着我的真实名字、真实出生日期和真实父母亲姓名的卡片交还给我，那一对我永远都认不出的父母亲。

她把脸贴在我的脸上，在我耳边柔声说：

"你总爱刨根问底。"

---

① 王家桥，横跨塞纳河，巴黎第三古老的桥梁，1689 年由国王路易十四全资新建，故名，也译作"皇家桥"。

我觉得她说得不对。数十年之后的今天,我试着辨读这个神秘的联络人从往昔岁月深处发给我的那些摩尔斯电码。可当时我得过且过,满足于过一天算一天,并不爱刨根问底。而且,对于我向她提的那些问题——问题并不多而且提出来的时候也没坚持非要她回答不可——她从来就没有给出过答案。只是有个晚上例外,但回答得含糊其辞。多亏了那个朗格勒转交给我的那份案卷,二十年后我才了解到阿加穆里所说的"她被卷入的那桩龌龊的勾当"。阿加穆里甚至明确地告诉我,那是"性质很严重的事情"。是的,确实很严重。毕竟有人丧命。

今天晚上我翻阅了朗格勒的那份卷宗,又一次恰好看到其中的一张薄型书写纸,上面有非常详细的细节,我把它抄录下来:"两颗子弹击中了受害人。其中的一颗是用枪口顶着射击的。另外一颗既不是用枪口顶着射击的,也不是近距离射击……两枚与射出的子弹相吻合的弹壳已经找到……"但我没有勇气把后面的文字接着往下抄。过些时候,逢上一个阳光明媚的日子,当太阳和天空的蔚蓝驱散了乌云之后,我再回头看那些文字。

我们穿过杜伊勒利公园。我寻思着当时是在哪个季节。今天,在写下这些文字的时候,我好像觉得那是在一月份。我依然能看见卡鲁瑟尔花园里的雪块,甚至在我们漫步的人行道上，杜伊勒利公园的边缘也有那样的残雪。在我们前面，利沃里街拱廊下的路灯都笼罩着一圈雾晕。然而，我还是有一丝疑惑：那也很有可能是在刚入秋的时候。杜伊勒利公园里的树上依然挂着叶子。它们过不了多久就要把叶子抖落掉了，但秋天对我来说并不意味着有什么事情终结消亡。在我看来，十月是一年的伊始。冬天。秋天。季节变换更替，在记忆中融为一体，仿佛这记忆在流逝的岁月中过着自己的生活，一种像植物一样的生活，从来都不是一幅凝固的、死亡的画面。是的，不同的季节常常彼此交融：冬天里的春天，初秋的小阳春……当我们走到拱廊下面时，雨下起来了，一阵瓢泼大雨，或是夏天里那种骤然而至的倾盆大雨。

"你觉得我真的敢拎着自己的脑袋，把自己卷进一桩龌龊的勾当之中吗？"

她把脸伸过来，仿佛想叫我仔细检查一番，然后，她直视着我，目光如此坦诚……

"如果我被卷进了一桩龌龊的勾当，我会告诉你的……"

这句话，在夜阑人静、辗转难眠的时刻，我依然能听见。我把它记在了我那个黑色记事本上。我一定还是有一丝疑惑，一丝隐隐约约的预感，才会把它白纸黑字地写在了上面。她为什么要对我守口如瓶呢？要么，说得含糊其辞，像一天晚上，我们从里昂火车站走出来时一样，当时我并没有太放在心上。也许她不想吓到我，她要是那么想的话，就太不了解我了。我已经记不清在奥德街住的那段时间读的是哪位醒世作家的书，这位作家说，对于自己所爱的人，无论何时都要原原本本地接受他们，尤其不要责问他们，非要他们交代。

"你知道，"她对我说道，"我很快就要和尤尼克酒店里的那帮王八蛋一刀两断了。"

她用词讲究，甚至很注意措辞，但是时不时地会使用一些俚语，其中有些是我不熟悉的，被我记在了黑色记事本上：Bahut（出租车，大客车），la chtourbe（熄灭的蜡烛），les bourres（警察），à dache（非常远）。在黑色记事本中的一页纸上，我还找到这一句用引号引起来的文字："尤尼克酒店里的那帮王八蛋"，我总问自己，当时是不是想过要用这句话来做一部小说的名字。

"你是对的，"我对她说道，"你总可以相信那些给你写留局自取邮件的人。"

我这些话里有一些冷嘲热讽的味道，说完我就后悔了。但是，无论怎么说，是她先开始的，她在说"尤尼克酒店里的那帮王八蛋"时用的就是嘲弄的语气。

她突然显得黯然神伤。

"基本上是我哥哥给我写留局自取邮件……"

她飞快地说完这句话，声音沙哑，我以前没碰到过，她的招认如此坦率，让我很懊悔自己此前一直在怀疑她有个哥哥，一个她不想介绍给我认识的哥哥。

留局自取。在朗格勒的档案中，有一张有些灰暗的白纸，像是户籍证明。今天晚上，我再一次对它进行仔细检查，冀盼着它最终能把自己的秘密告诉我：纸页的左边夹着一张照得很差劲的一次成像照片，我认出照片上的人正是丹妮，只不过头发更短一些。然后，这张户籍证明上的名字是米海依·桑比里，家住巴黎九区布兰奇街23号。这张证明上的日期是在我们相识之前的那一年，还加上了如下按语："无需附加费领取留局自取邮件和电报许可证。"但是，那不是我陪她去过好几次的国民公会街的那家邮局，而是九区巴鲁街31号的"84局"。她叫人给她写留局自取邮件，到底寄了多少家邮局呢？这张证明又是如何落到了朗格勒或他的部门人员的手里呢？是丹妮把它遗落在某个地方的吗？还有这个名字——"米海依·桑比里"，朗格勒在杰斯福尔滨河路的办公室里讯问我的时候不是提到过吗？真有意思，你人生中的某些细节在当时隐晦不明却在二十年后以这种方式显露出来，就像你用放大镜看一张家庭老照片时，往日一直没发现的一张面孔或者一样东西，突然就蹿到了你的眼前……

她把我带到右边，卡斯蒂格里奥纳街的拱廊下面。

"我请你吃晚饭……不太远……我们可以走路去……"

这个时间段，街区冷冷清清的，我们的脚步声在拱廊下回荡。在我们周遭，万籁俱寂，这种沉寂一辆汽车经过是打破不了的，出租马车的马蹄才可以把它踏破。我不知道当时是不是这样想过，抑或今天当我写下这几行字时才萌生出了这样的想法。我们迷失在夏尔·克罗斯[①]和他的狗萨丹，特里斯丹·科比埃尔甚至是让娜·杜瓦尔所处的那个时代的夜巴黎。而到了歌剧院，汽车川流不息，我们再次回到今天看来显得那样遥远的20世纪巴黎……我们顺着昂丹马路前行，这条马路的最里面是那座教堂黑魆魆的正墙，教堂犹如一只栖息在那里的巨鸟。

"我们差不多快到了，"她对我说道，"在布兰奇街的起点位置……"

昨天夜里，我梦见我们走在同一条街上，也许是由于我刚刚写到过它。我听见她的说话声："在布兰奇街的起点位置"，我朝她慢慢转过身去。我对她说：

"在23号吗？"

---

① 夏尔·克罗斯（1842—1888），法国诗人、发明家。

她好像没听见。我们迈着整齐的步子，手挽着手。

"我认识一个名叫米海依·桑比里的女孩子，住在布兰奇街 23 号。"

她没有埋怨我。她默不作声，好像我什么也没说过，或者我们之间的时间距离那么遥远，我的声音传不到她那里。

可是，那天晚上，我还不知道这个名字：米海依·桑比里。我们沿着"三位一体"街心公园往前走去。

"你过一会儿就知道了……那是一个我非常喜欢的地方……我住在布兰奇街的时候，常去那里……"

我记起来了，通过观念的联合，我想到了布兰奇女男爵。我几天之前在我的记事本上做过关于她的笔记，从一本写路易十五统治时期巴黎的书中誊抄了一页下来：那是一份报告，记录了人们知道的那个女人混乱、冒险的生涯中少得可怜的轶事。

"你知道这条街为什么叫这个名字吗？"我问她，"因为布兰奇女男爵。"

有一天，她想看看我记在笔记本上的东西，我就给她朗读了关于那个女人的笔记。

"这么说来，我在布兰奇女男爵的街上住过啰？"她微笑着问我。

餐馆位于布兰奇街和一条通往三位一体教堂的小街的街角。餐馆正面的玻璃窗后都拉上了窗帘。她走在我前面，就像进入一个熟悉的地方。一个大吧台，在最里头，每一边都有一排铺着白桌布的圆桌。深红色的墙壁，因为透出的光线是柔和的。只有两名顾客———一男一女———坐在靠近吧台的一张桌子旁，吧台后面站着一个棕发男子，约莫四十来岁。

"啊，你来啦，你……"他对丹妮说道，仿佛她的出现让他大吃一惊。

她显得有些局促不安。她对他说：

"这些日子我一直不在巴黎……"

他朝我快速地点了一下头，算是问候。她介绍我：

"一位朋友。"

他把我们领到一张桌子旁坐下，那里靠近大门，也许是为了让我们俩能够安享清净，与另外两名顾客隔开一些距离。但那两人说话不多，说话时也很小声。

"在这里很不错，"她对我说道，"我本该早些带你来这里的……"

我第一次看见她安之若素的样子。在巴黎陪她去的每一个地方，我总能瞥见她的目光深处透着几分焦虑。

"我在再上去一点的地方住过……在一家宾馆……当

我搬出菲利克斯-佛尔大街的那套公寓的时候……"

在写下这几行字的时候，我重读了户籍证明上的文字："米海依·桑比里，住巴黎九区，布兰奇街23号。"但23号不是一家宾馆，我核实过了。那么，她干吗跟我说她住的是宾馆？干吗要说这种表面上不痛不痒的谎言？还有米海依·桑比里这个名字呢？现在去问她为时已晚，除非在梦中，在梦中时间都交织在一起，我可以问她所有的问题，因为我从那个朗格勒的档案中知道了许多事情。可是，知道了也没什么用。她听不见我说话，所以我总有那种怅然若失的奇怪感觉，这种感觉在你梦见死去的朋友时总会出现，他们已经不在人世，但在梦中你能看见他们，与你近在咫尺。

"这么长时间你都干了些什么呀？"

他站在我们的桌子前面。他给我们上了两杯君度，可能觉得我们俩喜欢的东西都一样。

"我试过找工作……"

他朝我转过头，朝我投来嘲弄的目光，仿佛他不会被她刚才说过的话所蒙骗，要我作证。

"可她连介绍都没给我们俩做呢，我叫安德烈·法乐维……"

他握住我的手，脸上一直挂着微笑。我支支吾吾地说：

"让……"

我在做自我介绍并以这种方式进入某个人的生活的时候总是很局促，这种方式粗鲁，几乎是军人式的，需要一种毕恭毕敬的姿态。为了让这种介绍不那么庄严，我总不说我的姓氏。

"你在找工作，找到了吗？"

在他的眼神里不只是嘲弄了。他像是在跟一个孩子说话。

"是的……是做秘书……和他一起……"

她用手指指着我。

"做秘书？"

他点了点头，一副假装很赞赏的神情。

"有一些人向我打听你的近况。他们甚至没完没了地问了许多跟你有关的问题，但你放心好了……我的嘴巴捂得很紧……我跟他们说你已经去了国外……"

"你做得很好。"

她环顾四周，可能是为了看一下装潢是否有变化。然后她转过头来对我说：

"这里真安静，这里……"

在这里感觉自己远离一切，如同在一个岩洞里面，谁也进不来，因为门口已经拉起了一块非常厚实的红色门帘。最里头那张桌子旁坐着的那对男女已经悄无声息地不见了踪影，往后我再也没有任何办法弄清他们的去向。

"是的，非常安静，"他对她说，"你忘记了，今天是关门歇业的日子。"

他朝吧台走去，在走进那扇应该是通往厨房的门之前，他说：

"今晚我不等其他任何人吃晚饭……先跟你们说一声，我们吃顿便饭……"

她朝我俯过身子，我们的脑门碰到了一起。她轻声说道：

"他人非常好……他跟尤尼克酒店的那些人不可相提并论……你尽可以放心……"

当时我并不明白她为什么要极力地安慰我。此人的名字安德烈·法乐维，被列在了朗格勒托付给我的那份案卷里面，在二十年后突然了解到那些你与他们相遇而过的人的底细，每次都有一种异样的感觉……因为有了密码，你终于能够破译你在稀里糊涂、莫名其妙中经历过的那一切……坐在汽车上的一段行程，晚上，所有的灯火都熄了，你把前额贴在车窗玻璃上也是枉然，你找不到任何方位标。而且，对于旅行的目的地，你真的会提很多问题吗？二十年后，你循着同一条路，在大白天，你终于看见旅行中的所有细节了。可是，有什么用呢？太晚了，再也找不到任何人。安德烈·法乐维，斯泰法尼团伙成员。普瓦西总监狱拘押犯。在波尔舍维尔做过狗饲养员。嘉鲁普海滩上的"卡罗尔海滩"经理。古维庸-圣西尔林荫大道，帕赛餐馆。布兰奇街，塞维涅餐厅。

"也许我们应该常来这里。"她对我说道。

我们回去过好几次。大厅再也不像第一天晚上那么空荡，所有的桌子都被一些奇奇怪怪的顾客占满了，我纳闷他们是不是这个街区的人。他们中的许多人都坐在吧台前面，跟那个名叫安德烈·法乐维的人说话。一些人的名字被列进了朗格勒的档案。一些名字，只是一些普普通通的名字，我很想把它们抄录在这里，碰碰运气，可我没有那个胆子。今后我会去这么做的，就图个问心无愧吧。谁也不知道将来是个什么样子，所以总要把一些信号发射出去。那里的灯光有些暗淡，仿佛灯泡的电压不够。要不就是那个名叫法乐维的人试图弄出一种其乐融融的氛围。写到这里时，我有一丝疑惑。这灯光跟一天晚上她带我去过的菲利克斯-佛尔大街那套公寓里的灯光，跟夜幕降临后在富油丝那所名叫"巴尔贝里"的乡间别墅里的灯光一模一样。好像电灯的寿命越用越短。但有时会出现豁然开朗的感觉。昨天，我独自一人走在街上，一面幕帘撕开了。

再也没有过去，再也没有现在，时间凝滞不动。所有的一切全都找回了真实的光亮。那一次大约在夏夜八点钟前后，布兰奇街地势较低的地方还沐浴着阳光。餐馆前的人行道上摆了两三张桌子。餐馆的大门朝着街道敞开，能听见从大厅里传来的吵吵嚷嚷的说话声。丹妮和我，我们坐在外面的一张桌子旁。夕阳照得我们睁不开眼睛。

"也许我该带你去看看我以前住的那家宾馆，再往上走一点就到了。"她对我说道。

"在 23 号吗？"

"是的，在 23 号。"

我知道那个号码，她并不觉得诧异。

"但那不是一家宾馆。"

她没有回答，但这无关紧要。她希望夜幕降临前我们俩到街区走一走。但我们有的是时间。因为夏令时，晚上十点钟的时候，天还有可能是亮的。我甚至寻思着，这会不会是一个白夜。

先前，我在奥黛翁街的一家书店里。夜幕已经降临。在二手书书架上，我发现一本暗红色的精装本小说，书名是《让梦结束》。书店老板坐在书桌前，刚把那本书放进一只白色塑料袋里并把袋子递给我，一个女人就走了进来。她没把身后的玻璃门带上，仿佛她不想滞留太长时间。一个与我同龄的黑白混血儿，身材高大，穿着一件红棕色的旧大衣，大衣的腰带吊着。她拎着一只手提包。她径直朝我们走来，把手提包放在书店老板的书桌上。

"您收购旧书吗？"

她提这个问题的时候语气粗鲁，还夹带着巴黎老城区的口音。

"要视情况而定。"书店老板说道。

"是一个老太太派我来的……我在她家做事……"

她把那些书从手提袋里拿出来：艺术书，七星文库的大部头……一条项链和一枚胸针还挂在其中的一本书上，她把项链和胸针放回了手提袋。每一次她的动作都很粗鲁，还有一些纸币从里面掉出来。她把纸币捡起来，塞进大衣的一个口袋里。

"那位老太太住在这个街区吗？"书店老板问。

"不……不……她住在十七区。她是我的老板娘……"

"您得把她的地址告诉我。"书店老板说道。

"为什么要地址？"

她变得咄咄逼人，突如其来的。夹在那堆书中的那条项链、那枚胸针和那些纸币给人的感觉就是仓皇之中入室盗窃得来的。那些书籍堆放在办公桌上。

"也就是说，您不想收啰？"

"现在不想。"书店老板说道。

于是，她气急败坏，把那些书一本接一本地扔回手提袋。书店老板看着那些书的封面，仿佛要在上面找出血迹来。也许他心里在想，她把那个被她叫作"老板娘"的人给谋杀掉了。

她耸了耸肩，走出去后也没把身后的大门给关上。怕她一转背就不见了踪影，我赶紧跟了出去。

刚才在书店里一见到她，我就在想：她是让娜·杜瓦尔的转世再生，或者就是让娜·杜瓦尔本人。她高挑的身材，她的巴黎口音和她用来装那些书籍、首饰和纸币的手提袋，跟我在书上读到过的关于她不多的细节非常吻合，以前我把那些细节记在了我那个黑色记事本上。她走在我前面十来米远的地方，跟跟跄跄的。我本来可以追上她，但我更喜欢远远地跟着，以便确认那就是她本人。她大衣上的腰带在身子的两侧吊下来，她的左手拎着那个提包，提包的重量使她的上半身歪到了一边。街边的建筑立面上安装的路灯从19世纪起就没有再换过，勉强能照到她。我担心把她跟丢了。在奥黛翁的十字路口，她朝地铁口走去。我加快了脚步。就在她准备下台阶时，我大声喊道：

"让娜……"

她转过身来。她朝我投来惊骇的目光，仿佛在作案时被我抓了个现行。我们俩一动不动地站在那里，僵持了好一会儿，互相对视着。我想朝她走过去，帮她拎提包，把她送到站台。但我动弹不得。我的两条腿像灌了铅一样沉重，这种状态在我的梦中经常出现。然后，她急匆匆地下了台阶。她可能怕我跟着她。她一定把我当成了便衣警察。我激动的心情难以平复，便在丹东塑像的底座那里坐了下来。她先前说她的"老板娘"住在十七区。是没错呀，这也和我读到过的关于她的最后那个证据相吻合。谁也不知道她是什么时候死的，我心里也老在想她是不是真的死了。而且，人们连她的出生日期也弄不清楚。她的影子依然在巴黎的一些街区出没。最后一名证人能够辨认她，因为此人就住在她家附近，他声称她的住所在索富卢瓦街17号。那的确是在十七区的最里头。坐地铁需要走很长一段路。从奥黛翁出发，她会在瑟福尔-巴比伦换乘。然后在圣拉扎尔。她会在布罗尚下车。我打算找一个时间去索富卢瓦街。至少，我有一个朦胧的方位标。但是，对于在一个离现在更近的时代里认识的那些人我却说不出他们多少事情，他们所处的时代比让娜·杜瓦尔的时代要近得多，也像她一样被我记录在我的黑色记事本上。我不知道他们都变成什么样子了。我相信那些被丹妮称为"尤尼克酒店里的那帮王八蛋"的人，尤其是又名罗夏尔的"乔治"和保尔·夏斯达尼埃，都已经死了。对于杜威尔兹和杰拉尔·马西亚诺，我倒是没那么肯定。我再也没有听说过阿加穆里的消息。丹妮已经消失得无影无踪。可我还是在黑色记事本的最后一页罗列了一些我会想起的细节目录，这些细节也许可以帮我找到她的踪迹。我还补充了我所不了解的其他细节，这些细节我是在翻阅朗格勒转给的那份案卷时发现的。然而，我的查找一无所获，找了一段时间之后我最终放弃了。我已经不抱太多的幻想。所有这一切，迟早有一天，会被遗忘得一干二净。

*

　　自从写下这一页页文字，我就在想，确实有一种同遗忘做斗争的办法。那就是去巴黎的某些街区，这些街区你已经三四十年没回去了，你在那里待上一个下午，就像在那里监视什么人一样。也许那些让你牵肠挂肚的人突然就在街道一隅，或者一个公园的小径上出现，或者从那些被人叫作"街心花园"或者"别墅"的冷冷清清的死胡同边的一栋楼房里走出来。他们过着与世隔绝的生活，这种生活对他们来说在一些远离市中心的静谧之地才有可能实现。然而，我以为认出来的人是丹妮的仅有的那几次，她都是夹在人流之中。一天晚上，在里昂火车站，我要搭乘火车，挤在出发去度假的人头攒动的旅客当中。另一次是在一个周六傍晚，在林荫大道和昂丹马路交叉的十字路口，在挤在大商场门边的人群当中。但每一次，我都看走眼了。

　　二十年前，一个冬天的上午，我被传唤到十三区法院，十一点钟前后我从法院里走出来，走在意大利广场的人行道上。从1964年起，我就没回过这个广场，之前我经常光顾这个街区的。我突然发现自己身无分文，没钱坐出租车或者地铁回家。我在区政府后面的一条小街上找到一台柜员机，但在输入密码之后，一张小票掉在了出钞口。小票上面印着这些字："对不起。您的权限不足。"我再次输入密码后，又掉出一张跟前面那张一样的小票，小票上印着同样的文字："对不起。您的权限不足。"我围着区政府转了一圈，然后重新回到意大利广场的人行道上。

命运想把我留在这里，我不能违抗。也许我永远也离不开这个街区了，因为我权限不足。我感到泰然自若，一月的阳光和蓝盈盈的天空给了我这样的感觉。在1964年那些高楼大厦还没有建起来，但它们在明朗的天空中渐渐消逝，让位给月光咖啡馆和火车站林荫大道上的那些低矮楼房。我要滑向一个平行的时空，在那里再也没有人追得上我。

意大利广场那些开着淡紫色花的泡桐……我反复念叨着这句话，我必须承认，这句话让我热泪盈眶，抑或是由于天冷的缘故？总之，我回到了起点，如果1964年前后就已经有了柜员机的话，我收到的小票可能是一样的：权限不足。那个时候，我没有任何权利，没有任何合法性。既没有家庭，也不属于明确的社会阶层。我飘浮在巴黎的空中。

我朝那个曾经是月光咖啡馆遗址的方向走去。我曾经在咖啡馆最里头，靠近乐手的演奏台的桌子边，一坐就是几个小时，什么也不喝。我在那里转悠。也许我该在一个小宾馆里要一个房间，要是克伊佩尔还在的话，也许就去那里，或者另外一家，在古贝兰那边，但我已经忘记叫什么名字了。我到了罗莎莉嬷嬷大街的拐角处，然后重新朝区政府走去，寻思着这么转下去要转到什么时候，就好比那是一个把我吸引在那里的磁场。我在一间咖啡馆的露台上停了下来。一个上了一定年纪的男子端坐在玻璃窗后面的一张桌子旁，注视着我。我也一样，目光没从他身上移开。他的面孔让我想起了某个人。五官很端正。头发是灰色——或者白色——板刷头，头发较长。他朝我招了一下手。他想叫我进咖啡馆见他。

见我走近，他站起来，向我伸出一只手。

"朗格勒。您还记得我吗？"

我迟疑了一会儿。也许是他那强硬的军人作风和那句"您还记得我吗"让我把他辨认了出来。而且，一个人永远也忘不了在自己一生的潦倒时期邂逅的那些人的面孔。

"杰斯福尔滨河路……"

听了我的话，他显得很吃惊：

"我发现您记性很好……"

他坐了下来，示意我在他对面的一张椅子就坐。

"一直以来，我都在远远地跟着您，"他对我说道，"我甚至读了您那本写……让娜·杜瓦尔的新书……"

我不知道该如何回答才好。我反问道：

"您跟着我？"

他微微一笑，我想起从前他对我表现出的某种亲切。

"是的……我跟着您……这曾经多多少少是我的职业……"

他皱着眉头注视着我，就像上个世纪在杰斯福尔滨河路他的那间办公室里。除了发型换成了板刷头，他没有太大的变化。在这个安装了玻璃隔板的露台上，感觉不是很热，他没把身上的华达呢风衣脱下。这件风衣，他在讯问我时的那个遥远年代可能就在穿。

"我猜想您不住这个街区……不然的话，我可能早就碰到您了……"

"是的，我不住这个区，"我对他说道，"而且，我已经很久很久没有回这里了……从杰斯福尔滨河路的那个时候起……"

"您想喝点什么东西吗？"

服务生站在我们的桌子边。我差点就点了一杯君度，为了纪念丹妮，但我身上一分钱也没有，而让别人请客我真的很不好意思。

"啊……不用了吧。"我嗫嚅道。

"怎么不用呢……要点东西……"

"那就来一杯速溶咖啡吧。"

"我也一样。"朗格勒说道。

我们之间出现一阵沉默。轮到我打破沉默了：

"您住在这个街区吗？"

"是的。一直都住在这里。"

"我也是，很小的时候就住这里，很熟悉这个区……您还记得'月光'吗？"

"当然记得。您去'月光'干吗呢？"

问话的语气跟从前讯问我的时候毫厘不差。他朝我微笑着。

"您不一定要回答的。这又不是在我的办公室里……"

我在露台的玻璃后面，看见意大利广场的一角，广场在阳光和蓝天下面没有变化。我有一种感觉，感觉他讯问我的事情就发生在前一天。我朝他微微一笑。

"您想什么时候重新开始讯问？"我问他。

他也一样，我深信不疑，他和我有着同样的感觉。时间被荡涤。在杰斯福尔滨河路和意大利广场之间，流逝的光阴不超过一天。

"真有意思，"他对我说道，"有好几次，我都想再次与您取得联系……我甚至往您的出版社打过一次电话，但他们不想把您的地址告诉我。"

他朝我俯过身子，眯起眼睛。

"要知道……我原本可以找到您的地址的……这是我的职业……"

他的语气重新变得跟在杰斯福尔滨河路时的语气一样。我不清楚他是不是在开玩笑。

"只是，我怕惊动您……怕我的一举一动会让您不安……"

他摇了摇头，好像在犹豫有些事情要不要跟我说。我抱着双臂，等待着。我突然觉得角色颠倒过来了，觉得站在他的办公桌后面、即将开始讯问的人是我。

"是这样的……我退休的时候，拿了两三份档案，想留作纪念……其中有一份，就是因为它，您到我杰斯福尔滨河路的办公室接受过讯问……"

他很难为情，甚至有些羞怯，就好像交代了一件令他名誉扫地、有可能会让我大吃一惊的丑事。

"要是您感兴趣……"

我心里琢磨着自己是不是在做梦。一名男子走到露台最里面的一张桌子边坐下，用食指在手机上按着电话号码。看到那玩意儿，我确信自己不是在做梦，确信我们彼此都在现时，身处真实的世界。

"我当然很感兴趣。"我对他说道。

"这就是我想知道您的地址的原因……我想把所有的材料都从邮局给您寄过去……"

"一些奇奇怪怪的人，"我对他说道，"现在我常常想到他们……"

我想跟他解释，这份差不多半个世纪前的案卷何以会让我感兴趣。你在一些诡谲的环境中，在一些同样诡谲的人中间，经历了你一生的一个短暂时期——活一天算一天从不问为什么。到了很久之后，别人终于给了你破译密码语言的方法，你才终于明白你所经历过的那一切，终于确切地知道当时聚在你周围的到底是些什么人。大部分人都不属于这种情况：他们的回忆很简单，都没有什么障碍，可以满足自己的需要，他们不需要数十年时间来进行澄清。

"我理解，"他对我说道，仿佛猜透了我的心思，"那份档案，对您来说，将会有点像一颗延迟爆炸的炸弹……"

他看了一下小票。不是我请客，我真的很难为情。但我不敢告诉他那天上午我的权限不足。

外面，广场的人行道上，朗格勒和我，我们一动不动，默不作声。好像，他不想马上和我道别。

"我可以把那份案卷亲手交给您……没必要从邮局寄……我就住在这附近……"

"您真是个热心肠。"我对他说道。

我们绕着广场兜圈子，他把西瓦希大街街角的一栋高楼指给我看。

"'月光'原来就是在那里的，"他指着高楼底部对我说道，"我父亲以前常带我去那里……他认识那里的老板娘……"

我们走进西瓦希大街。

"我住在再往下去一点的地方……放心好了，我不会让您走好几公里的……"

我们到达西瓦希街心花园附近。我对这个更像个公园一样的街心花园记忆犹新，还记得那栋被人叫作齿科学院的红砖大楼，以及最里头的那所女子高中。在大街的另一边，在那些高楼大厦后面，有一些矮房子还像我以前见过的一样。可是它们还能支撑多久呢？朗格勒在一栋小楼房前停了下来，这栋小楼就坐落在一个死胡同的拐角上，底楼有一家中餐馆。

"我就不请您上楼去我家了……我会无地自容的……屋里太乱了……我不会去很久……"

我独自一人站在人行道上，凝视着西瓦希街心花园里那些光秃秃的树木，还有那边，齿科学院那暗红色的一大块。那栋建筑坐落在花园里，在我看来一直不同寻常。我对西瓦希街心花园的记忆都不是冬天的记忆，而停留在春天或者夏天，树叶和学院大楼的深红色形成鲜明对比的时候。

"您在想什么呢？"

我没听到他到来的声音。他手上拿着一个黄色塑料文件夹。他把文件夹递给我。

"拿着……您要的档案……它很薄，但是您会感兴趣的……"

我们俩迟迟不想作别。我好想邀请他吃午饭。

"您别怪我没请您上家里做客……那是一个小得不能再小的套房，我父母亲以前就住在那里……唯一的好处，就是从那里可以看见所有的树木……"

他边说边指着西瓦希街心花园的入口。

"我们刚才还讲到'月光'……那个老板娘就是在那里遇害的，在那个街心花园……您看见了……那栋红砖楼房……齿科学院……"

他沉浸在一段痛苦的回忆之中。

"他们把她带到学院……把她推到一堵墙边，然后从背后朝她射击……可后来他们发现杀错人了……"

他从自家窗户那里亲眼目睹了那个杀人场面吗？

"这件事发生在巴黎解放的时候……一群人进驻齿科学院……一群伪装的地下抵抗组织成员……贝尔纳上尉和马努上尉……还有一个中尉，我忘记叫什么名字了……"

从前，我从西瓦希街心花园穿过，去高中门口等一个儿时女友下课的时候，还不知道这些细节。

"过去的事，不要去过度地搅动。我不知道把这份案卷转交给您是对是错……您后来还见过那个女孩子吗？那个有好几个名字的女孩？"

我愣了一会儿才弄明白他说的女孩指谁。

"就因为那个女孩，我在杰斯福尔滨河路审问过您好几次。您叫她什么名字来着？"

"丹妮。"

"实际上，她名叫多米尼克·罗歇。但她还有别的名字。"

多米尼克·罗歇。也许她就是用这个名字去邮局取邮件。我从未看见过信封上的名字。那些信她看完后，总是随即塞进大衣口袋里面。

"您也许知道她还有个名字叫米海依·桑比里？"朗格勒问我。

"不知道。"

他摊开双手，用饱含同情的目光注视着我。

"您认为她还活着吗？"我问他。

"您真的想知道？"

我从来没有用如此明确的方式提过问题。要是我对自己诚实的话，我可以这么回答他：不，不是很想。

"何必呢？"他对我说道，"世界上的事情不可强求。也许有一天，您会在大街上与她不期而遇。我们俩不就是这样重逢的吗……"

我打开黄色塑料文件夹。一眼即可看出，里面装了十来张纸。

"您翻阅这些卷宗时头脑一定要冷静……如果您有什么地方需要解释，请跟我打招呼。"

他在上衣内侧的口袋里搜寻着，给了我一张非常小的名片，名片上面印着这些字：朗格勒，西瓦希大街159号。上面还印着一串电话号码。

走了几步之后，我转过身来。他还没回家。他依然站在那里，站在人行道中间，远远地凝视着我。他势必会目送我，直到我在大街尽头消失不见。以前，他在执行任务的时候，一定经常在冬日的白天，就像这一天一样，甚或在晚上，双手插在华达呢风衣的口袋里，窥伺着别人的一举一动。

"过去的事情，不要去过度地搅动。"我们分别的时候，朗格勒对我说过。可是那个冬日的上午，要返回位于巴黎另一边的家，我有很漫长的一段路要走。二十多年之后我重新出现在意大利广场，再加上从柜员机里掉出来的印着"对不起。您的权限不足"的小票，这真的是巧合吗？对不起，有什么好对不起的？那天上午，我好开心，感到气定神闲，一身轻松。口袋里什么也没有。迈着均匀不变的步伐的漫漫长征，在长椅上的稍事歇息……我后悔没把黑色记事本带在身上。记事本上有我编排的不同行程中的巴黎长椅：南北方向，东西方向，对那些长椅的每一次记录都意味着曾经有一段可以短暂休闲和遐想的时光。过去和现时的区别我已经不大分得清楚。我到了古贝兰。从我的青年——甚至童年——时代起，我就一直在行走，而且总走在同一些街道上，于是时光都变成透明的了。

　　我穿过植物园，在中央通道的一张长椅上坐了下来。行人稀少，天冷的缘故。但一直有阳光普照，天空的蔚蓝使我坚信时光停住了脚步。只需在那里一直待到夜幕降临，然后仔细观察天空，就能发现寥落的星辰，我能说出它们的名字，但不知道是否确切。在奥德街生活的那个时候的枕边书《永恒的天体》里大段大段的文字，我也许都记得起来。当时我一边读这本书，一边等着丹妮回去。那个时候天气跟我现在坐在植物园长椅上一样寒冷，奥德街被白雪覆盖。但是，尽管天寒地冻，我还是翻阅了那个黄色塑料文件夹里的纸页。有一封信附在里面，信末有朗格勒的签名，先前我微微打开这个黄色文件夹、他对我说"您翻阅这些卷宗时头脑一定要冷静"的时候，我并没有发现这封信。在下楼把那份案卷一起拿给我之前，他在寓所里匆匆忙忙写下的信，字迹勉强能看清。

亲爱的先生：

　　我十年前就退休了，退休之后我仍在杰斯福尔滨河路和奥尔费佛滨河路 [1] 的情报部门工作了很长时间。在此期间，您一直在创作，您的那些作品我全都非常认真地拜读过。

---

①　奥尔费佛滨河路，或译凯德索尔费佛，法国司法警察总署所在地，用来指法国司法警察总署。

我当然一直记得您去过我在杰斯福尔滨河路的那间办公室接受我的询问，那时您还非常年轻。我善于铭记别人的面孔。其他人老拿这件事来跟我打趣，说我即使过了十年，依然能从背后认出某个人，哪怕只在街头见过一面。

　　在彻底告别我那个部门的时候，我擅自从便衣警察缉捕大队的档案室里拿走了一些想留作纪念的东西，其中就有这份牵涉到您的并不完整的案卷材料，我一直惦记着要把它转交给您。亏得我们今天的相遇，这一天终于等到了。

　　请您相信我会严守秘密。而且，我在什么地方看到您写过这样的话：我们活在这个世界上，一些事情讳莫如深，必须三缄其口。

　　祝好。

　　　　　　　　　　　　　　　　　朗格勒

　　又及：为了让您完全放心，您手里这个文件夹里的某些文件关涉到的那个调查已经被彻底放弃。

　　我在翻阅这些案卷的时候，目光落到了一些居民身份证明、报告和讯问笔录上。一些名字映入我的眼帘："阿

加穆里，名叫加里，住大学城，摩洛哥留学生楼，1938 年
6 月 6 日生于非斯①。所谓的'留学生'，摩洛哥保安局成
员。摩洛哥大使馆……乔治·B.，又名'罗夏尔'，普通
褐色头发，笔挺的鼻子，脑门非常突出。请通知我署，提
供补充信息，电话：TURBIGO 92.00……在我们前面，出
庭到案的这个人姓杜威尔兹（下文均使用该称呼），名字
和绰号：皮埃尔。经被告阅读，声明所说属实并签名……
夏斯达尼埃，保尔，艾玛纽埃尔。身高一米八。使用蓝旗
亚汽车，车牌号№ 1934GD75……马西亚诺·杰拉尔。体
貌特征：左眉处有两厘米长的外部疤痕……"我飞快地翻
着这些纸页，避免在某一页上耽搁太久，时时担心会发现
涉及丹妮的一个新的细节或者卡片资料。"多米尼克·罗
歇，又名'丹妮'。使用化名米海依·桑比里（布兰奇街
23 号），又名米雪儿·阿加穆里，又名雅尼娜·德·西
罗……根据达文的情报，她入住尤尼克酒店可能用的是雅
尼娜·德·西罗一名，出生地为卡萨布兰卡，日期……她
让人给她写信寄到邮局，附在后面的是巴黎 84 局分发的
预订卡。"

　　用回形针夹着的这几页材料下边有这样几行文字：

----

① 非斯，摩洛哥第四大城市。

"两枚子弹击中受害者。其中一枚子弹是用枪口顶着射击的……两枚与射出的子弹相吻合的弹壳已经找到。亨利四世滨河路46号乙的看门人……"

一天晚上，丹妮和我，我们在里昂火车站下火车。现在想来，我们当时是从那个名叫巴尔贝里的乡间别墅回来的。我们没带行李。大厅里人头攒动，时值夏日，要是我没记错的话，应该是放大假的第一天。从火车站出来之后，我们没坐地铁。那天晚上，她不想回尤尼克酒店，于是我们决定徒步去我那里，奥德街的那个房间。在穿过塞纳河时，她对我说：

"要绕很长一段路，不会给你添麻烦吧？"

她带着我，沿着河边马路，朝圣路易岛走去。巴黎冷冷清清，一如巴黎的夏夜，这种冷清与里昂火车站的热闹的人流对比太强烈。几乎没有什么汽车。一种轻松、悠闲的感觉。悠闲这个词我在那个黑色记事本上用的是单数①，而且用大写的字母写成，还注明了日期：7月1日。那天晚上的日期。我甚至加上了在一本词典里看到的"悠闲"这个词的意思："空着的，未被占用的"。

我们沿着亨利四世滨河路前行，朗格勒那份案卷的下

---

① vacance 复数的意思是"假期"。

方正好提到这条街，那一页纸上详细说明发生过一起"命案"。她在最后一排楼房当中的一栋楼前停了下来，46号乙，跟那张纸上写的号码一样——二十年后，我在碰到朗格勒的那一天就核实过了。那一天，我只需从植物园过桥就可以了。

她径直朝大门走去，踌躇了片刻。

"你能帮我一个忙吗？"

她说话时声音不是很镇定，就像进入了一个危险区域，会突然被人逮住。

"你去按一下底楼左边那扇门的门铃，就说找多尔姆夫人。"

她看着底楼的窗户，窗户上的金属百叶窗都关上了。从窗缝里透出一丝隐隐约约的灯光。

"你看见那灯光了吗？"她低声问我。

"看到了。"

"要是你突然撞见多尔姆夫人，就问问她，丹妮什么时候可以给她打电话。"

她显得很紧张，也许她后悔了自己的提议。我觉得她马上就要把我拽住，不要我过去了。

"我在桥上等你。我还是不待在这栋大楼前面更好些。"

她一边说，一边指着把圣路易岛截去一头的那座桥。

我穿过门廊，在左边一扇非常厚实的浅色双扉门前停了下来。我按了门铃。没有人来应门。我听不见门后有任何声音。可是，先前我们透过百叶窗的缝隙分明看见了灯光。定时楼梯灯灭了。我站在黑暗中再次按了一下门铃。无人应答。我站在那里，在黑暗中等待着。我真的希望最后终于有人来开门，希望沉寂被打破，希望灯光重新亮起。突然，我朝大门擂起双拳，但那木头太厚实了，我没有敲出一点声响。那天晚上，我真的敲门了吗？我常常梦见这幕情景，到后来梦和现实都串到了一起。昨天夜里，我置身彻底的黑暗中，没有任何方位标，我用两只拳头敲着一扇门，就好像有人把我关起来了一样。我感到窒息。我惊醒过来。是的，又是同一个梦。我试图回忆很久以前的那个夜晚，我是不是也这么敲过。无论如何，我在黑暗中是按过好几次门铃的，让我惊讶的是那个门铃既清脆又叮当响的音色。没有人。一片沉寂。

　　我摸索着从那栋大楼里走了出来。她在桥上来回踱步。她挽着我的胳膊，紧紧地抓着它。我回到她身边，让她松了一口气，所以我在心里琢磨着自己刚才是不是冒了很大危险。我告诉她，没有一个人走出来给我开门。

　　"我不该派你去那里的，"她对我说，"可有些时候，我以为一些事情总像以前一样……"

"哪个以前？"

她耸了耸肩。

我们穿过那座桥，顺着图尔奈尔滨河路往前走。她什么也不说，反正这也不是跟她提问的时候。在这里，所有的一切都很安静，令人放心：房子的古老立面，树木，亮着的路灯，通向沿河马路的狭窄街巷，令我想起雷蒂夫·德·拉布勒托纳。我那个黑色记事本上有好几页记录的都是关于他的笔记。我甚至不想向她提什么问题。我无忧无虑，一身轻松，能在那天夜里和她一起在沿河马路上漫步，心里反复默读着雷蒂夫·德·拉布勒托纳这个由柔和而又神秘的声音组合在一起的名字，我觉得非常开心。

"让……我想问你一些事……"

我们循着沿河马路凹入处的那个广场前行，广场中央摆着一些桌子，还有一些摆在那里用来划定露台咖啡座范围的盆栽植物。那天晚上，餐桌上撑起了大阳伞。恰似南方的一个小海港的夏夜。窃窃私语声。

"让……要是我做了什么性质严重的事情，你会怎么说？"

我承认这个问题没有引起我惊慌。也许是因为她所采用的那种冷淡的语调，仿佛是在引述一首歌的歌词或者一首诗的诗句。还因为这个："让……你会怎么说……"这正是我记得的一句诗："……你说，布莱兹，我们离蒙马特远吗?"

"要是我杀了什么人，你会怎么说?"

我觉得她在开玩笑或者因为她爱看的那些侦探小说看多了才会问出了这样的问题。更何况她只阅读侦探小说。也许在其中的一部小说中，一个女人向她的未婚夫提了同样的问题。

"我会怎么说? 我什么也不说。"

今天，我依然会给出同样的答复。我们有权利对我们所爱的人说三道四吗? 假如我们钟爱他们，那一定是有原因的，这些原因不容许我们对他们说三道四。不是吗?

"反正……要是我并没有真的杀他……要是那只是个意外……"

"我对你放心。"

她好像对我的这个回答很失望，我花了很多年时间才体悟出其中的冷漠和无意的、可鄙的幽默。

"是的……只是个意外……枪走火了……"

"流弹不长眼一类的事情经常发生的。"我对她说道。

我马上就想到了几声枪击声。我没猜错，因为她紧接着对我说：

"你说得对……是流弹……"

我哈哈大笑起来。她朝我投来责备的目光。然后，她抓紧了我的手臂。

"我们别再说不开心的事情了……昨晚我做了一个可怕的噩梦……我梦见自己在一套公寓里，正朝一个家伙开枪自卫……一个眼皮耷拉着的可怕的家伙……"

"眼皮耷拉着……"

"是的……"

也许她依然沉浸在自己的梦中。可我对此并不担心。过去我也有过同样的经历：你前一晚做的一些梦——或者不如说一些噩梦，一整天都会如影随形地跟着你，你走到哪噩梦就跟到哪。它们会夹在你最日常的动作中，你跟朋友们待在一起也是枉然，在阳光下，在咖啡馆的露台上，梦中的情景一幕幕地闪现出来对你紧追不舍，紧贴着你的现实生活，就像某种回声或者电子干扰，让你再也摆脱不掉。有时这种混同只因缺乏睡眠。我很想把这些告诉她，安慰她一下。我们到了"穷人圣于连"附近。在那家美国书店前面，摆满了长凳和椅子，像是在咖啡馆的露台上，十几个人坐在那里，听着从书店里传出来的爵士乐。

"我们应该走过去跟他们坐在一块儿，"我对她说道，"那样的话，你就会忘记你的那个噩梦……"

"你这么认为？"

但我们没有停下脚步，而是继续赶路，我已经记不清走的是哪条路了。我记得一些冷清的大街，街边梧桐树的树冠形成了一个巨大的拱穹，记得楼房立面的窗户有零零星星的几扇窗亮着灯，还有那只正在站岗放哨、凝望着南方的贝尔福雄狮①。她走出了那个噩梦。我们坐在那座通往奥德街的陡峭台阶的石级上。我听着从某个地方传来的玎玎流水声。她把脸贴到我的脸颊上。

"你不要在意我刚才跟你说过的那些事情……什么也没有改变……跟从前没有任何不一样……"

那个夏夜，瀑布或泉水的玎玎声，在高墙上凿出来的可以从那里俯视树冠的陡峭的台阶……万籁俱寂，我深信一些通向未来的逃逸线正在我们前方绵延开去。

---

① 贝尔福是法国东北部城市，弗朗什-孔泰大区贝尔福地区省省会，在 1870 年 11 月到 1871 年 2 月间，该城被普鲁士军队围困长达 104 天而不破。为纪念这一英勇的壮举，著名雕刻家奥古斯特·巴托尔迪创作了一座长 22 米、高 11 米的雄狮雕塑，被称为"贝尔福雄狮"。现在它已经成为贝尔福的标志。此处指巴黎十四区丹佛-洛希罗广场上的一座复制品，它只有原塑像的三分之一大小，看着自由女神方向。

*

　　人们不常回南城的那些街区了。那个区域最终变成了
一个内在的、想象的风景，以至于像伊斯瓦墓园、格拉希
埃尔、蒙苏里、布兰奇王后宫，这些名字在现实中，在巴
黎地图上清清楚楚地出现颇令人惊诧。我从来没有再回到
过奥德街。除非在梦中。在梦里，我重新见到不同季节的
奥德街。从我昔日租住的那间房子的窗户往外看，街上被
皑皑白雪覆盖，可是，如果经过那些陡峭的台阶，从那条
大街过去，总是一派炎炎夏日的光景。

　　不过，我经常坐车从亨利四世滨河路去往里昂火车
站。每一次，我都有一种惴惴不安、心被捏紧的感觉。一
天晚上，我在火车站的出口叫了一辆出租车，对司机说我
要等个人，叫他在 46 号乙前面停下。我目不转睛地盯着
那扇大门。我曾经在一个七月的夜晚，几乎在同一个时
间，推开过那扇门。那天晚上，我们，也是在七月。我试
着数一数距今有多少年了。过了一会儿，司机问我：

　　"您确信那个人会来吗？"

　　我叫他等我一下，然后从出租车里走下来。当到达那
扇大门时，我发现右边有一个数码门控装置。那个时候，

还没有这玩意儿。我用食指胡乱地按了四个数字和字母D。大门岿然不动。我回到了出租车上。

"您忘了密码，嗯？"司机问我，"我们还要不要继续等那个人？"

"不等了。"

有几次，在我的梦中，我知道了那个密码，我无需推开那扇大门。我刚把食指按在字母D上，大门便自动打开了，然后在我身后自动关上。门口的大走廊被白天的亮光照亮，亮光来自最里头的一扇大玻璃窗。我到了另一扇门前，底楼那套公寓的门口，那扇厚实的浅色木门，我和丹妮在一起的那个七月的夜晚，多尔姆夫人应该为我打开的那扇门。我在按门铃之前，等了一会儿。门上，有一些太阳光的光斑。我感到一身轻松，是的，摆脱了良心的责备，摆脱了那种莫可名状的罪恶感。将会像从前一样，或者不如说，在我们的生活中，将永远没有从前，也没有往后，没有那种"性质很严重的事情"，那种裂口，那种障碍，那种原罪——我试着找到那些恰如其分的词语却是枉然——，还有尽管我们年纪轻轻尽管我们无忧无虑但依然拖拽着我们的那种重负。我要摁门铃了，门铃声将会像我第一个晚上摁它的时候一样的清脆。两个门扉将会像外面的那扇大门一样徐徐开启，一位五官端正、着装优雅的五十来岁的金发妇人会对我说：

"丹妮在客厅里等您呢。"那位妇人是多尔姆夫人吗？每次一到这个问题，我就醒了，但从来都没有给我答案。朗格勒的案卷中提到过她，还附上了一些无关紧要的情况。没有她的任何照片……"所谓的多尔姆夫人，一开始是杜外街'4'号保尔·米拉尼的合伙人……48号餐厅经理……然后是星形广场-伊艾娜餐厅经理……十五年前购买过很多赛马……可能在一个不确定的日子去了瑞士……"一个不露真面目的女人，就像被他们抬到停在那栋大楼前的汽车上的死者。根据46号乙的看门人的陈述，那大约发生在凌晨一点钟。正是他本人打开大门让他们进去的。他们一行四人。他，看门人，并不知道那人已死，那些搀扶死者的人当中的一个对他说那家伙身体不舒服，要送他去拉里布瓦希埃尔医院。为什么去拉里布瓦希埃尔？那家医院很远，在巴黎的另一边。实际上，根据朗格勒搜集到的情报，那些人把死者送回了他本人的"寓所"，好让他在那里寿终正寝，绝不能让外人知道他是死在亨利四世滨河路46号乙底楼的一套公寓里。几个月来，看门人发现晚上从九点钟开始那里总是人来人往。经常听见音乐声，但那天晚上，那个公寓里鸦雀无声。你一定在那里，跟被他们称作"死者"、从来没被提及名字的人在一起。然而，在一页纸的下方，可以猜出这个名字用打字机打出来过但后来又被擦掉了。有两个字母依稀可见：一个S和一个V。这么说来，那天晚上，你和一个陌生人、另外几个人——一个"人数有限"的团伙，报告上就是这么说的——以及多尔姆夫人都在那套公寓里。看门人听见了两声枪响，正是在午夜之前。大约十分钟之后，他看见从那套公寓里走出两个男人和两个女人，然后还有一个"女孩子"。他对女孩子的面部特征记得比较清楚，因为几个月来她经常去那套公寓，他跟她说过好几次话，她还定时去他那里取信，信封上的名字是"米海依·桑比里"。没错就是你。另外四个人是大约一个小时之后赶到的，他们负责把那个既没有名字又不露真面目的人弄上停在楼房前的那辆汽车。那天晚上也在现场的一个人——一个名叫让·泰拉易的人——证明是你开的枪，但武器是那个陌生人的，那人拿着武器用"粗暴下流"的方式胁迫你。那人肯定喝过酒。他已经不在人世了，死无对证。就好像他从未存在过。他们推测，你成功地夺下了他的武器，你开枪了，或者由于你夺枪的动作太迅猛导致手枪"走火"了。两颗流弹？他们在调查过程中，在公寓的一间卧室里找到了弹壳。但是，是谁给他们开的门？多尔姆夫人吗？关于你，在这份案卷中没提到什么。你不是在卡萨布兰卡出生的，不像有一天晚上我们说到阿加穆里以及尤尼克酒店里那些和摩洛哥"关系密切"的常客时你跟我说过的那样。你只是，在战争期间，出生于巴黎，比我早两年。你生身父亲不详，母亲名叫安得蕾·莉迪亚·罗歇，住在十六区的那喀索斯-迪亚兹街 7 号米拉波私人诊所。但是，战后不久，有人揭发，你母亲安得蕾·莉迪亚·罗歇住在维特鲁夫街 16 号，在二十区。为什么该信息如此明确，为什么突然从十六区到了夏洛娜街区？也许，只有你，才能告诉我真相。案卷上没有提到你哥哥皮埃尔，你经常跟我提到的哥哥。他们知道你在布兰奇街住过，使用的名字是米海依·桑比里，但他们没说你干吗使用这个名字。你在大学城的那个房间没有任何记录，也没提到美国留学生楼。也没有提到维克多-雨果大街。然而，我经常陪你去那里，并且在那栋有两个出口的大楼后面等你。你回来的时候，总带着一大沓钞票，我一直在琢磨，这钱到底是谁给的，但这些情况他们都没有察觉到。也没有任何地方提到菲利克斯-佛尔大街的那套小房间和巴尔贝里，在富油丝的那所乡间别墅。他们知道你在尤尼克酒店要了一个房间，他们是从"达文"那里得到的线报，但他们并不是特别着急要盘问你，否则的话，他们只需在酒店大堂等着，或者只要"达文"的一通电话告诉他们你在那里就行了。他们一定很快就放弃调查了，反正，当我被朗格勒讯问的时候，你呢，你已经"失踪"了。这个已经写在了卡片上。像多尔姆夫人一样失踪了，他们没有在瑞士发现她的行踪，假定他们真的找过她的话。

　　我不知道他们做调查的时候是不是很草率，还是他们保存在档案馆里、涉及千千万万人的材料都是如此不完整，但是，坦白地跟你说，我对他们很失望。一直到那时，我都以为他们有探测肺腑的能耐，以为他们的卡片文件记录了我们生活中的点点滴滴，我们所有的可怜巴巴的秘密，以为我们都任凭他们无声无息地摆布。可是，他们对我们俩，对你又真的能了解多少呢，除了那些流弹和那个死鬼？他们让我在印有"声明所说属实并签名"的表格下面的那份讯问笔录上签名。我几乎没有透露你的任何情况。也没有透露我自己的。我对他们说我们认识的时间非常短暂，我们的相识是因为大学城的一名摩洛哥大学生，而你，你想注册在桑西埃学院读书。还有，我们在拉丁区和蒙帕纳斯区见面才三个月，混在那些勤奋学习的学生和经常在那些地方出没、身着天鹅绒上装头发蜷曲的老画家中间。我们去看电影。我们去逛书店。我甚至明白无误地告诉他们，我们俩在巴黎市区逛荡，去布洛涅森林远足。我在杰斯福尔滨河路的那间办公室一面回答问题，一面听着打字机清脆的敲击声。朗格勒亲自打字，用两个手指敲击着键盘。是的，我们还经常光顾圣米歇尔大道上的那些咖啡馆，我们不是很有钱，所以我们有时会在大学城的食堂用餐。还有，他提了这样一个问题："你们有什么休闲活动？"我琢磨他这么问是想"更好地圈定我们的性格特征"。我最终跟他说了一些别的细节：我们常去乌尔姆街的电影资料馆，我们还差点报名参加法国青年音乐家艺术节。当他问我一些关于阿加穆里和尤尼克酒店的问题时，我感觉到自己就像在打滑的泥地上一样处境困难微妙。我们是在大学城的自助餐厅遇见阿加穆里的。没错，我把他当成了一名普普通通的大学生。而且，我好几次在他下课后到桑西埃学院找过他。不，我绝对没想到他属于"摩洛哥特别情报部门"。可是，说到底，那跟我们也没什么关系。那尤尼克酒店呢？不，不，不是阿加穆里把我们带到那里去的。我听说虽然您还是未成年人，他们还是让你们在尤尼克酒店楼上开了一个房间。我还要等待一年才到成人的年纪。这就是为什么我的女友和我，我们只开了一个房间。我注意到朗格勒没用打字机敲打这个回答，很显然所有这些谎言他都觉得毫无意义。

"这么说，要是我没理解错的话，加里·阿加穆里从来没有向你们，向您的女友和您本人介绍过杜威尔兹、马西亚诺、夏斯达尼埃和又名罗夏尔的乔治·B.？"

"没有……"我回答道。

他一边用两根食指敲击按键，一边代我复述那句话："那个名叫加里·阿加穆里的人从来没有向我介绍过那些名叫杜威尔兹、马西亚诺、夏斯达尼埃和罗夏尔的人。我的女友和我，我们只是在酒店的大堂与他们擦肩而过。"然后，他朝我微微一笑，并耸了耸肩膀。也许他像我一样在想：所有这些可怜巴巴的细节跟我们关系不大。它们很快就会在我们的生活中变得毫无意义。有好一阵子，他坐在打字机后面，环抱着双臂，低着脑袋，若有所思。我以为他把我忘记了。过了一会儿，他用温柔的声音，眼睛也不抬地对我说："您知道您的女友两年前在小火箭筒①被羁押过这件事吗？"然后，他再一次朝我微微一笑。我感觉心被捏紧了。"性质不是那么严重……她在那里待了八个月……"他把一张卡片递给我，我尽量飞快地掠了一眼，他把卡片夹在拇指和食指之间，我担心他突然就从我的眼前拿开不让我看了。那一行行文字，那一句句话，在我的眼前跳荡："……在不同的奢侈品商店偷窃货架……在维

---

① 小火箭筒，建于1825—1836年，原为少年犯监狱，1935年改为女子监狱，1974年拆毁改建成公园。

克多-雨果大街偷盗一只鳄鱼包时被抓获……‘我进入一家出售手提包的商店。我在店里选了一个包，带着它离开……那些大衣也是一样……’”

他没让我把卡片上的文字全部读完，就把卡片放在了办公桌上。因为给我看了这样一份文件，他显得有些局促不安。“性质不是那么严重，”他重复道，“孩子气……偷窃癖……您知道偷窃癖是怎么回事吗？”——我很惊讶，这场讯问突然变成了我们之间的平常交谈，气氛甚至变得友好起来——“缺少关爱……有这种癖好的人喜欢窃取别人从来没有给过他们的东西。她缺少关爱吗？”他那双大大的蓝眼睛直瞪瞪地看着我，我感觉他想看透我内心的想法，他的目的达到了。

“很显然，她现在被卷进了一件性质要严重得多的案子……这件事发生在三个月之前……正好在您认识她之前……发生了一起命案。”

我相信当时我的脸色霎时间变得煞白，因为他落在我身上的蓝色目光此刻显露出一丝忧虑。他像是在窥探我的反应。

他用一个疲惫的手势把一张没有用过的纸塞进打字机里，然后问我：“您的女友从来没向您透露过去年九月的一天晚上，在巴黎亨利四世滨河路46号乙的一套公寓里发生的事情吗？"

　　我做了否定的回答，然后再次听见打字机的噼噼啪啪声。接下来是另外一个问题："您的女友跟您解释过她为什么老变换名字吗？"我不知道这个细节，但是，要是我早知道，我也不会过于吃惊。我也一样，也换过名字，为了让自己年龄变大一些、达到成人的年纪，我也篡改过出生日期。无论如何，我只知道她的名字叫"丹妮"。在他敲打我的回答期间，我向他一个字母接一个字母地拼读这个名字，因为想起我和她第一次见面时我犯过拼写错误。

　　"她失踪之后，给过你什么音讯吗，您想过她可能在什么地方吗？"

　　这个问题令我如此悲伤，让我说不出话来。他就代我做出回答，用两个食指一个接一个地敲击着打字机上面的按键："我的女友失踪之后就杳无音信，我猜想她去了国外。"

　　他停了下来：

　　"她从来没跟您说起过一个名叫多尔姆夫人的女人吗？"

　　"没有。"

　　他想了想，然后一边继续用两个食指敲打着按键，一边大声念着：

"……猜想她去了国外，多半是跟那个名叫梅露·埃莱娜又名多尔姆夫人的人一起走的。"

他舒了一口气，就好像他想甩掉一桩苦差事。他把那张纸递给我。

"您在这里签字。"

我也一样，终于结束了，让我松了一口气。

"这是一次例行调查，已经拖了几个月了。"他对我说道，那神情像是想叫我放心，"我们肯定想平息这桩案件……死者据称是在自己家里自然死亡的。我希望后面不会再找您过来。可是，世事难料……"

我在告辞之前，说了一些客气话。

"您用打字机打印证人的陈述吗？"我问他，"我好像觉得，从前，所有的材料都要用手写。"

"您说得对。那个时候，大多数警探的书写非常漂亮。而且他们起草报告的法语也很有文采。"

他领着我沿着走廊往前走去，然后我们一起下楼梯。在分别之前，在朝滨河路打开的那扇门的门洞里，他问我：

"据我所知，您也一样，也开始创作了。是用手写吗？"

"是的。是用手写。"

*

　　小火箭筒被夷为平地了。一个街心花园在原址上延伸开去。快二十岁的时候，我常去拜访一个名叫阿多尔夫·卡明斯基的人，一名摄影师，他住在沿街面朝监狱的那些高楼中的一栋楼房里面。他家的窗户高踞于那栋有六个塔楼的六边形建筑之上。就是在那个时期，你被关了进去，可我却浑然不知。一天夜里，我在卡明斯基家对面，在监狱的门廊里等待着，他们让我进去。他们把我带到接待室。他们让我坐在一块玻璃屏幕后面，你则坐在屏幕的另一边。我跟你说话，你好像听懂了我在说什么，但你徒劳地蠕动着两片嘴唇，并把你的前额贴在玻璃上，我听不见你的声音。我问了你一些问题："多尔姆夫人是谁？亨利四世滨河路的那个死鬼又是谁？我等着你的时候，你去那栋有两个出口的大楼里拜访的人又是谁？"看你嘴唇在动，我明白你在费力地回答我，但我们之间的那块玻璃阻隔了你的说话声。水族馆里的那种沉寂。

　　我记得我们常常在布洛涅森林里徜徉。那是在黄昏，我必须在维克多-雨果大街那栋楼房后面等她的那些日子。我永远也不会知道她为什么要从那里出来，而不是从大门口，就好像她担心在那个时间会与什么人狭路相逢。我们沿着那条大街一直走到穆埃特。我们沿着湖滨路往前走时，我感到如释重负。她也一样，因为她对我说，要是我们住在森林边上的那些楼群里感觉会很惬意。一个中性地区，与世隔绝，邻居寥寥无几，我们甚至都听不懂他们的语言，所以我们也不必和他们说话，也不必回答他们的问题。我们再也不会有任何事情要向任何人交代。我们最后会忘记巴黎的那些黑洞：尤尼克酒店，小火箭筒，滨河路那栋楼房的底楼以及里面的死者，所有那些让我们彼此的步伐变得犹疑不定的险恶之地。

一个十月的黄昏，天色已晚，我们周围飘荡着一股枯叶、湿地和牲口棚的气味，我们沿着动物园往前走，来到了圣雅姆水塘边。我们在一张长椅上坐了下来。我忧心忡忡，因为我的那部稿子落在了那所乡间别墅里。她跟我说过我们再也不能回那里了。那对我们而言相当危险。她并没有明确地告诉我这种危险的性质。她私自保留了那所房子的钥匙，就像她留下菲利克斯-佛尔大街那套公寓的钥匙一样，但她早该把那把钥匙归还给人家的。我甚至怀疑她瞒着房东偷配了一把。她可能害怕别人在屋子里把我们逮个正着，就像逮小偷一样。

"你别在那里绞尽脑汁、苦思苦想了，让。你的那份手稿最后总能找回来的。"她还补充说我真的是呕心沥血却颗粒无收。她说，只需到旧书商的箱子里去翻寻，从那些旧书中挑出一本来，那些读过它的读者寥寥无几而且已经不在人世了，而活着的人已经想不到还有那本书的存在。然后把它抄下来。用手抄。然后就说自己就是那本书的作者。

"你觉得我的主意怎么样，让？"

我不知道该如何回答。我想起了我那部稿件的第一个句子："我必须回到我年轻时的一段时期，那个时候别人都叫我假面华威骑士①……"我心想，借助我的那个黑色记事本，我很有可能把遗失的稿子重新写出来并进行修改。其实，她说得很对。我感觉基本上就是在重抄那些稿件。用手抄。这便是我眼下正在做的事情。

她紧紧地依偎在我的身旁，压低声音翻来覆去地对我说："你别在那里绞尽脑汁、苦思苦想了，让……"

不久之后的一天上午，我收到了一封信，信是从我的房门下面塞进去的，信上写着这些文字：

---

① 假面华威骑士，法国作家路易·杜普雷·杜尔内的作品《华威假面骑士的冒险故事》中的人物。

让：

　　我走了，这一次我们有可能很长时间不能再相见了。我就不告诉你我要去哪里了，因为我自己也不清楚自己要去的地方。别去我要去的地方找我。我会到很远的地方——反正，不在巴黎。我之所以离开，是因为我不想给你添麻烦……

　　又及：我跟你撒了一个小谎，让我心里很不安。我的年龄不像我跟你说过的那样才21岁。我已经24岁了。你瞧，我很快就要老了。

　　一天下午，我们在塞纳河畔的旧书摊上买了一本旧小说，这封信她就是从那本旧书上摘抄下来的。如今我依然能听见她对我说："……你别在那里绞尽脑汁、苦思苦想了，让……"树林，空荡荡的大街，楼房黑魆魆的身影，还有一扇被灯光照亮的窗户，这扇被灯光照亮的窗户让你有一种你在另一段人生当中忘记把灯关掉，抑或某个人依然在盼着你归来的感觉……你一定隐伏在那些街区当中。用的是哪一个名字呢？总有一天，我会找到那条街道。可是，每一天，时间总是如此的刻不容缓，而每一天，我都对自己说，还是等下一回吧。

"穿越遗忘层抵达一个时光透明的区域" [1]

　　在这部小说中，六十年代，去殖民化运动时期的巴黎，显得几乎跟二战时期德国占领下的巴黎一样动荡不安……

　　莫迪亚诺：在我青少年时期，我对 60 年代初的巴黎非常熟悉，在巴黎的一些周边地区（如克里尼昂古尔门，意大利广场街区），甚至是一些晚上才开门的场所——比方说离我家就两步之遥的堂卡米罗夜总会，我们都能感受到阿尔及利亚战争动荡不安的气氛。在《夜的草》中，可以听见那个时期的一些回声，但这部小说中的巴黎同样也是一个内在的、梦中的巴黎。

---

[1]　本文为伽利玛出版社在《夜的草》出版之际对作者做的采访。

作品中那些地点、时代和人物一次又一次地在叙述者的脑海里缠绕交织。这是不是说我们就生活在某种形式的隐迹纸张（一种擦掉旧字写上新字的羊皮纸，但可用化学方法使原迹复现）上？

莫迪亚诺：也许主要是在城市里生活让我们感觉自己生活在一张巨大的隐迹纸张上，纸上的任何东西都不会完全消失，即使那些街道跟原来的样子并不是完全一样，即使有一些街区已经消失了三十年。但空气中永远都能感觉到它们的存在。

作品中隐隐提到一些偶然找到的书籍和一些籍籍无名或几乎无人知道的作者，比方说安东尼·霍普、奥泽·华沙、特里斯丹·科比埃尔等，您通过这种方式让人们想起——即使很短暂地想起——他们的存在，是不是想说明"遗忘并不存在"？

莫迪亚诺：我觉得这是我尝试在自己的小说中想表达的东西：穿越遗忘层抵达一个时光透明的区域，就像飞机穿越云层到达天空的蔚蓝之中一样。

"在她的生命中，我们将是多么的微不足道。"这句台词是对存在的虚空的一种确认，还是相反，"微不足道"并不是最重要的东西？

莫迪亚诺："微不足道"的东西在人的一生中实际上非常重要。我们往往能从最微不足道的细节中猜出甚至重新找到全部的东西。

在伍迪·艾伦的一部电影中，一个角色问自己回忆是人们保留的东西还是遗失的东西。在您的这部小说中，叙述者的回忆难道不是二者兼而有之吗？

莫迪亚诺：是的，叙述者的回忆既是他保留也是他遗失的东西。我觉得这就是我想要表达的感觉：遗忘与记忆的混合。就像保尔·策兰的一部诗集的名字——《罂粟与记忆》，因为罂粟是一种与睡眠、与遗忘有关的花。

《夜的草》是如何得名的？

莫迪亚诺："夜的草"出自俄罗斯诗人奥西普·曼德尔施塔姆的一句诗[1]。这也是一种长在混凝土建筑群脚下的

---

[1] 在接受《费加罗》杂志等多家媒体采访时，莫迪亚诺均做如此解释。（转下页）

草，那种抗争着从城市的缝隙间冒出来、显示出勃勃生机的狗牙根……

（接上页）据译者查证，奥西普·曼德尔施塔姆的这句诗法文译本为：Quelle douleur—chercher la parole perdue, / Relever ces paupières douloureuses / Et, la chaux dans le sang, rassembler pour les tribus / Etrangères l'herbe des nuits.（大意为：何其痛苦，寻找失去的话语，/ 抬起痛苦的眼睑，/ 血液里含着石灰，还要为异族 / 收好夜的草。）实际上，法国诗人保尔·瓦雷里在其诗作《水仙辞》中也写到了"夜的草"：J'entends l'herbe des nuits croître dans l'ombre sainte（我听见夜的草在圣洁的暗影下生长）。相较而言，用瓦雷里的这句诗来诠释书名似乎更合适。